葉子
Leaves
Publishing

根
以讀者爲其根本
莖
用生活來做支撐
葉
引發思考或功用
果
獲取效益或趣味

樂觀，就會成功

即使輸在起跑線也可以贏在終點

賴祥蔚◎著

忘憂草 ORANGE DAYLILY

樂觀，就會成功——即使輸在起跑線也可以贏在終點

作　　者：賴祥蔚
出 版 者：葉子出版股份有限公司
企劃主編：鄭淑娟
企劃編輯：鍾宜君
校　　稿：張瑋珊、唐坤慧
內頁繪圖：黃建中
美術設計：許瑞玲
印　　務：許鈞棋
登 記 證：局版北市業字第677號
地　　址：台北市新生南路三段88號7樓之3
電　　話：（02）2366-0309
傳　　真：（02）2366-0313
讀者服務信箱：service@ycrc.com.tw
網　　址：http://www.ycrc.com.tw
郵撥帳號：19735365
戶　　名：葉忠賢
印　　刷：上海印刷廠股份有限公司
法律顧問：煦日南風律師事務所
初版一刷：2005年8月　　新台幣：280元
ISBN：986-7609-80-8

國家圖書館出版品預行編目資料

樂觀，就會成功：即使輸在起跑線
也可以贏在終點 / 賴祥蔚著．--初
版．--臺北市：葉子，2005[民94]
面；　公分．--（忘憂草）
ISBN 986-7609-80-8(平裝)

855　　　　94014006

總 經 銷：揚智文化事業股份有限公司
地　　址：台北市新生南路三段88號5樓之6
電　　話：(02)2366-0309
傳　　真：(02)2366-0310

※本書如有缺頁、破損、裝訂錯誤，請寄回更換

樂觀，就會成功

即使輸在起跑線也可以贏在終點

獻給我的父親、母親
在我的心中，他們從來不曾離去。

樂觀進取，是人生最大的財富

「富」，是許多人的追求目標，但是對於「富」的意義，認眞思考過的人其實不多。其實「富」不在於金錢，而在於生活態度。樂觀進取，更是人生最大的財富。

《樂觀，就會成功——即使輸在起跑線也可以贏在終點》作者賴祥蔚博士的父親賴正元先生曾經當過礦工，因病淪爲二級貧戶，但仍樂觀面對人生，靠著經營小雜貨店維持一家生計。

在父親身教的影響下，賴祥蔚博士也能以樂觀心態面對逆境。他在國中時失怙，從此開始工讀，並以體驗人生的態度，經歷了豐富的打工生活，中學當過黑手、焊接工、業務人員、補習班老師，大學當過搬家工人、大樓警衛、計程車司機。

在繁忙的打工之餘，賴祥蔚博士不忘學業，並因社團出表現而鼓舞自己從中興大學水土保持學系應屆考上臺大政治學研究所，最後從政治大學獲得政治學博士學位。

孔子說自己年輕時家境貧困，所以學會很多技能。（子曰：「吾少也賤，故多能鄙事。」語出《論語》子罕篇。）反映的正是這種樂觀進取的人生觀。因爲樂觀進取，故能無懼逆境，最後得以歡喜收穫。這種態度，才是人生最大的財富。

推薦序 樂觀進取，是人生最大的財富

01 雜貨店老賴煮食臭雞蛋 008

02 煤礦工人淪為二級貧戶 012

03 老賴不願回首的往事 020

04 生下八斤巨嬰的阿玉 024

05 欠錢沒還歡迎再來買 030

06 發現一塊錢的價值 033

07 野孩子的荒野童年 042

08 推舉老賴選里長 055

09 面對群毆與械鬥的少年 060

10 打架是從幼稚園學來的 069

11 從吃錢國小到偷錢國小 076

12 等不到電話的戀曲 081

13 國小學童的情色體驗 086

14 歡迎加入放牛班的行列 092

15 改變，從一個微笑開始 099

16 培養只會背課本的小孩 108

17 軍校淘汰生走向聯考 114

18 高中怎麼算高等學府？ 120

19 誤入歧途選了自然組 126

20 老師都不懂你怎麼會懂 132
21 高二學生月入兩萬四 135
22 耶穌在聯考前拯救物理 141
23 十元過三天的大一生活 148
24 忙著約會忘了期末考 153
25 轉系到台北的企管系 159
26 大一當起了搬家工人 165
27 逃命第一的保全人員 171
28 大學生變身計程車司機 176
29 當家教要下十八層地獄 183
30 大二面臨退學危機 188
31 天上掉下來的總編輯 193
32 校刊在全國比賽中奪獎 201
33 放話考台大不怕鬧笑話 211
34 從台中趕到台北旁聽 220
35 月薪五千元負債兩百萬 225
36 利用看報重新學英文 231
37 考博士班只剩一個月 238
38 在飛碟電台遇見張惠妹 245
39 病床旁寫完博士論文 253
40 大學教授的奇幻世界 260

01 雜貨店老賴 煮食臭雞蛋

一九六九年。新莊。

在這個年代，整齊冰冷的便利商店還沒有出現。對很多孩童來講，亂中有序的小雜貨店大概是世界上最迷人的地方。生長在雜貨店這種零食王國中的幸福，彷彿還勝過純潔無慾的天堂。

太陽從天堂探出頭來，想多瞧瞧雜貨店的模樣。隱約的天光先是照著曲曲長長的中港路，然後沿路深入，向右探照了一條名叫銘德路的小巷子，接著更多的光芒漫過一百多公尺的荒草地，再穿過小木橋，照亮了一群嶄新的矮房屋。這些矮房屋全都長得同一個樣，十來坪大、兩層樓高。十戶連一列，頭尾串三列，每列各八排，聚成了銘德新村。

銘德新村中間的一扇鐵門，這當口正在嘰嘰喳喳的摩擦聲中向上捲去，顯露出裡面的玻璃櫥櫃與瓶瓶甕甕，正是一家小雜貨店。

一大清早就起床開店的賴正元，面容黝黑，滿是歲月風霜，看起來約莫五、六十歲的年紀。他把三扇鐵門捲好，拆下活動式門柱放到一旁，轉身查看店門口的冰箱，補進幾瓶銷路不錯的飲料；再看看放蛋的木箱，有兩顆蛋已經裂了縫。雞蛋這玩意嫩得很，

一破就壞，不能再賣，只好揀拾起來，放在屋內的桌上。

送報的運來了幾大疊報紙。這些報紙送來時，各報的正刊、副刊、分類廣告都是各自綑綁成疊。賴正元仔細按照報刊名稱分別夾放，一份份擺好，再拿幾份掛在門前簷下紅塑膠繩尾端的曬衣夾上，以便招攬生意。看看差不多了，又把門口掃乾淨，忙完已微微出汗。

這個時辰，除了對門的豆漿鋪，左鄰右舍都還沒開門，趁著空檔，賴正元往屋裡走。

新民剛從二樓走下來，看見桌上放的蛋，趨前想探個究竟，還沒看仔細先聞到一陣隱約卻難忍的臭味襲來，連忙退開。

這蛋壞了、臭了。新民皺眉心想，但是卻又想不透，奇怪，是誰把臭雞蛋放在這裡？刷牙洗臉完從盥洗間出來，看到賴正元拿了蛋，正要烹煮。

新民一驚，連忙上前提醒：「爸，這些蛋壞了，不能再吃。」

「沒關係，煮一煮消毒過就好了。」賴正元微笑以對，不以爲意。朝著鍋裡倒進幾滴油，趁熱打蛋下鍋，換來一陣滋滋聲響。不一會起鍋，把蛋放入盤中淋上一點醬油膏，端著盤子回到前頭雜貨店邊吃早餐邊看店。

新民知道自己的「新爸爸」非常省吃儉用，但是十來歲的他卻無法明白一個人爲什麼會節儉成這個樣子？雞蛋壞了容易臭，小孩吵嘴不是總愛罵人臭雞蛋嗎？不必聞過也知道那股臭，雞蛋臭了怎麼還能吃呢？

新民不知道怎麼辦，也不知道等一下去婦產科探望媽媽時要不要提起。從雜貨店抽屜拿了錢，走到對面豆漿店吃早餐。這幾天家裡沒人煮早餐。

「老賴，買一包長壽。」

顧客登門，老賴放下吃了一半的早餐，連忙上前笑臉迎人，送上香菸，收下銅板，鞠躬致謝。早上香菸生意好，晚上啤酒顧客多，很多人一早出門都會先來買包菸，有時也帶份報紙。

「老賴，恭喜你又生了一個壯丁。」住在隔壁巷子的婦人來買報紙，順便串串門子。

「是呀，謝謝。」老賴收下銅板。

「大家都說老賴你生了一個很重的嬰兒，到底有幾斤？」

「還好吧，說是八斤重。」

「眞的是八斤？嚇死人，你家阿玉實在厲害，一般嬰兒都是四、五斤，八斤怎麼能生得出來？難怪很多鄰居都相約一起跑去看熱鬧了。眞看不出你這麼老了，居然還這麼會生。」婦人搖頭稱奇，說個沒完。

老賴露出笑容，眼角浮起濃濃的皺紋。其實他也沒想過自己會在這把年紀又結婚，而且還再度當了爸爸，距離初爲人父的上次，已經整整過了十五年。

對於上一次的種種，他一直試著不去回想。想了徒增傷心，不如不想。

左鄰右舍總以爲老賴當然稱得上「老」字，其實他眞正的年紀才四十六歲，本來正當壯年，但是外貌看起來比起實際年紀多了十幾歲。

這是過去十幾年的磨難，在他身上深深烙下的痕跡。

02 煤礦工人 淪為二級貧戶

一九五〇年代。瑞芳。

地底下面幾百公尺深的地方，年輕的賴正元感到一股說不出來的沉重壓迫，不懂自己爲什麼會來到這種不見天日的鬼地方，分分秒秒都盼望能夠逃離。

但怎麼逃？誰叫自己要來到這裡！

眼前一片烏漆抹黑，彷彿連微弱的燈火也即將因爲遭到吞噬而消滅。周遭的稀薄空氣在潮濕中倍感悶熱，幾乎隨時可以沁得出水。在這個只能讓一個人屈身鑽過的狹長地道裡，觸手可及的空間限制雖然隱不可見，憑著岩壁上的濃濃水氣仍能嗅得出距離的近

迫。

賴正元回想起自己中學畢業之後，留在學校教了幾年書，不到二十歲就辭別父親賴德桂與祖父賴賢耀，獨自一人離開鄉下，來到人生地不熟的台北打拼。

在那個動盪不安的亂世，幾百萬的難民跟著國民黨政府渡過台灣海峽一起流亡到了台灣，多數聚集在台北，造成處處人浮於事，要找一份工作談何容易？

賴正元的運氣不錯，來到台北後，很快就在師大附中找到一份工作，幫忙收發文書。

師大附中的工作輕鬆，當然，薪水也低。這樣的生活雖然相當安逸，卻只能勉強度日，存不了什麼錢，終究不是長遠之計，因此一些同事陸續離職，想要趁著年輕力壯換個工作多掙一點錢。

「再見。」不久前一個學校同事離職，靠著關係找到好差事。

「步步高升。」眾人一起向他祝賀。

「再見。」前幾天又一個學校同事離職，靠著家裡資金投入商場。

「財源廣進。」眾人再次獻上了祝賀。

沒有人脈背景，又要不偷不搶，怎麼樣才能找到收入高一點的工作，以便早日成家立業？

賴正元左思右想，決定到瑞芳去。

早在清朝年間，瑞芳就已經開始顯露出即將興盛的面貌。一八九五年中日甲午戰爭之後簽訂馬關條約，送來了日本殖民政權，但是瑞芳依然沒有受到影響。如今日本人戰敗離開，繁華了一百多年之後的瑞芳，依舊是冒險家與奮鬥者心目中的天堂。

白天的瑞芳街道上滿是從各地湧來的壯丁，他們很快就會不顧生命危險躍入一個又一個礦坑，並且繼續往更深的「地獄」裡鑽進，耗盡精力挖掘出一車又一車的金礦或煤礦；到了夜晚時分，瑞芳在盞盞紅焰似火的燈火中更顯綺麗，總會有許多礦工忘了自己來到這裡的目的本來是拿命賺錢，歷劫歸來的他們寧可把自己辛苦入袋的大把鈔票擲向笑臉相迎的酒家女子，在歌舞相伴的醉夢中慶祝自己可以多活一天。

「請問一下，門口的布告上面說這裡要招募工人，我想來應徵。」賴正元穿過一群渾身都是漆黑煤漬的工人，進到「榮隆煤礦」的辦公室內。

「好，把這些資料填一填，明早來報到。」一個看起來像是工頭模樣的人斜眼瞧了他一眼，隨口回應。

沒有多久，他就發現礦工生活根本就不是人過的生活。

時常傳出的崩坑意外，讓恐懼感宛如在頭上盤旋不去的恐怖幽靈，壓得每一個必須天天深入地底的礦工都抬不起頭來；就算僥倖逃過了多次劫難，也沒有誤入酒家，一樣不可能全身而退，難以安享晚年，附近那些全身病痛的老礦工們就是各人最好的榜樣。

在豐厚薪水與心理壓力之間掙扎了大半年之後，賴正元走出地底，改行去挑煤炭。

挑煤炭的工作不必深入礦坑，心理壓力輕了許多，但是卻要在炙熱的大太陽底下不停扛起重擔，來來回回。過去在地底下分分秒秒思念的日頭，如今又嫌過於猛烈。一天挑下來，即使是身材強健、膚色黝黑的原住民獵人，也會在收工後累得趴在地上倒頭就睡，漢人之中的壯漢或許還可以撐過一時，一般年輕人可就難以應付了。

靠出賣安全或勞力終究也不能長久。賴正元心想。

「還有一個方法可以賺錢。要看你怕不怕髒？怕不怕臭？」這一天挑炭工作結束之後，朋友在聊天時說起他自己做不來的工作。

「什麼樣的工作？」

問清楚朋友做不來的是什麼工作之後，仔細想了幾天，賴正元決定離開生活了一年多的瑞芳，來到位於淡水河另一側的三重，投入了豬毛加工的工作。

豬毛加工的工作必須一再進出腥臭撲鼻的養豬戶與屠宰場，在血水聚流的溝渠中打撈早已從豬隻身上脫落正在污濁中載浮載沉的豬毛。這些豬毛集中起來後要多次清洗才能洗掉附在上面的血水髒污與濃厚臭味，這樣才能送去加工。做成豬毛製品後，不值錢的豬毛立刻變成受歡迎的商品。

既然豬毛加工的利潤還不錯，爲了搶這碗飯吃，只好忍受一身臭味，還好剛開始雖然臭不可當，一段時間之後也就習慣了，了不起是回家之後多洗幾次澡。

賴正元在淡水河邊找了一塊三不管的荒地，自己動手搭蓋了一間可以遮風避雨的小木屋。

「離開家鄉這麼久，終於有了自己的房舍。」新屋初成之日，他看著破木板拼湊起來的簡陋屋舍，心裡第一次有了踏實的感覺。

幾年下來，賴正元終於存了一點錢，這間小木屋也多了一個女主人。小倆口新婚不久就爲新家增添了一個小男主人。

「我們的孩子要叫什麼名字？」

「你念的書多，你決定就好。」抱著嬰兒的妻子洋溢著幸福微笑。

「就叫祥榮吧。」名字的第一個「祥」字是照著族譜「聖上達尊明，賢德正祥瑞」而來，至於第二個「榮」，或許是期望一家從此繁榮，也或許是爲了紀念自己曾經爲了賺錢而賭上生命的「榮隆煤礦」。

房子雖簡，一家三口和樂融融。

正以爲一切都已經上了軌道，突如其來的一場感冒卻改變了整個世界。

「這是特效藥，你吃吃看。」賴正元的重感冒拖延多日，一位友人知道後來看他，掏出兩瓶成藥。

「謝謝。」

滿心感激收下，本來想一次全吃了，希望能夠早日康復，以便繼續做豬毛加工的工作賺錢養家。沒工作就沒收入，雖然這幾年已經存了一點錢，但是坐吃山空可不行。轉念一想，又決定先吃一瓶，另一瓶留著以後吃。

「正元，正元，你怎麼了？」當天半夜，妻子轉身碰觸到睡在身旁的丈夫，發現他全身燒得燙人，已經陷入了昏迷狀態。

送醫之後才知道那瓶來路不明的成藥不但沒能治癒感冒，還引起了許多的併發症，幾乎致命，還好只吃了一瓶。

「醫生，請問我到底是什麼病？什麼時候才會好？」

「嗯，這個嘛，要再繼續觀察看看，這帖藥你先拿回去吃吃看，下星期再來回診。」醫生沒有正面回答病情，只是寫了一些藥方。

看起來，這個醫生也沒有辦法完全治好我的病。賴正元從櫃檯領取了價格昂貴的藥包，心裡有數，因爲同樣的話他已經從不同診所聽了起碼幾十次。

當初病發之後被送進醫院住了多天，高燒雖然退了，但還是覺得頭痛昏眩，精神不濟，全身痠痛乏力的病症也一直沒有完全康復，連生活都不方便了，根本就沒有辦法出門工作。

幾個月下來，接連找過許多朋友介紹的所謂名醫，情況卻遲遲沒有改善。當初住院就把積蓄花掉一大半，現在每次看病也都要一大筆錢，這幾年的存款，早在上個月就已經用完，沒辦法，只好開始靠著向鄰居與朋友借錢來支撐開銷。俗話說，救急不救窮，幾次下來，知道情況的朋友只要看到他們夫妻上門，開始會面有難色，有些人甚至躲著不見面。

怎麼能怪他們？賴正元知道大家的日子都不好過，甚至多數朋友都是在淡水河邊搭蓋違建討生活，他們大方把錢借出去也不知道什麼時候才能拿回來，沒有急著催討前帳已經很夠意思了。

「家裡已經好幾天沒有米了。」妻子沮喪的說，手上抱著瘦小的嬰兒。

「喔，我晚一點再去找朋友周轉。」斜躺在木板床上的虛弱身軀本來已經昏昏沉沉，半閉著眼皮，感受到妻子的無助又勉強清醒了一些。但說是這麼說，卻不知道可以再去找誰借錢。屋外的天色又暗了下來，彷彿暗示著自己的前途。想著想著，不知不覺陷入昏睡。

「咦，怎麼沒人回應？」睡夢中的賴正元彷彿聽到嬰兒的哭聲，在半夢半醒間呼喊了妻子幾聲，都沒有聽到平常的回應，只有嬰兒哭得更大聲了。睜開眼睛一看，空洞的木屋裡除了自己與嬰兒以外，沒有其他人影。

奇怪，人到底去哪裡了？會不會是自己想辦法去借錢買菜了？唉，這幾天眞是苦了她。伸出微抖的手掌拍拍嬰兒，哭聲未歇，應該是餓了。

「乖喔，再等一下，媽媽就回來了。」

忙了一下，嬰兒哭累了又睡去，這才發現自己的肚子也開始咕咕作響。

到了日頭高掛，妻子還沒回來。

會不會出什麼意外了？整個下午，昏倦的腦中不時擔心獨自外出的妻子。

望著門口直到傍晚，始終沒有妻子的身影。

等了一個晚上，妻子仍然沒有出現。

這天之後，小木屋的女主人再也沒有回過這個家。

「日子還能過下去嗎？」家中早已粒米無存，自己又一身病痛，賴正元幾度自問。

「哇！」一陣嘹喨的哭聲把他從胡思亂想中喚回。

「但孩子是無辜的呀。」看到還在學步的稚齡幼子，輕生念頭頓時打消。

其實何必尋短？再拖上幾天，一屋子的病父弱子光餓也餓死了。

「好消息，好消息，公所把你評爲二級貧戶了！」

正當絕望之時，里長送來了賴正元淪爲貧戶的「好消息」。

二級貧戶的身分，除了微薄的急難救濟金，更重要的是可以獲得去衛生所免費拿藥的「特權」。這些廉價藥物雖然無法根治病況，總算可以在不必花錢的情況下靠著藥物勉強撐住身體，繼續活下去。

政府的貧戶制度幫助了許多陷入生存困境的小老百姓，可以說是一大德政。其中，一級貧戶最慘，情況難以想像；二級次之，賴正元屬之；三級又次之。在賴正元因爲貧病交加而成爲二級貧戶的同時，台南的鄉下也有一位農民因爲生活困頓而成爲三級貧戶，得享一點補助，他的兒子後來成爲總統，被支持者暱稱爲「阿扁」。

03 老賴 不願回首的往事

在這場大病的折磨之下，賴正元再也不年輕了。

原本健康的身體自此垮了一大半，再也沒有回復過來。平常除了按時前往衛生所拿

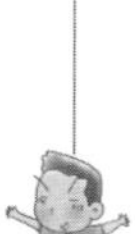

藥，病情還會不時出狀況，嚴重的時候常送急診，幾度徘徊於生死之間。

豬毛的工作沒了，身體又不好，還好賴正元念過書，可以幫人跑跑腿，處裡一些公文往來的簡單代書差事，順便仲介一些買賣，有機會再找一些零工，就這樣維持一大一小的生計，還要到處還錢，幾十元、幾百元，一點一滴償還了積欠朋友的大筆債務。

「祥榮，爸爸回來了。」打完零工拖著身子回到淡水河邊的家，看到安安靜靜在破木屋裡面守候的獨子，心中充滿疼惜與歉意。

「爸爸。」孩子看到親人回家自然流露出開心的微笑。不知道是天性如此還是因爲正在學講話的時候卻少有家人陪在身邊，儘管這個孩子看似開朗，卻比一般孩子沉默一些。

沒有辦法，日子還是要過，只好繼續放著孩子外出工作。

「老賴，最近身體還好吧？」朋友看到賴正元上門，知道他又來還債，先打了個招呼，關心一句。賴正元每次送來的錢雖然不多，但這種誠意也就夠了。客套一陣，收下分期的款項。本來以爲這筆借出去的「善款」多半拿不回來了，沒想到老賴硬是撐了下來，慢慢把錢還給幾個朋友。

「謝謝了，還是老樣子。」經過人事滄桑，老賴的話越來越少。在不知不覺之間，他從小賴變成了老賴，想想自己現在這個衰頹的模樣，也難怪朋友會改了稱謂。

時光飛逝，這樣的生活居然撐過了十多年，孩子從學走路、學講話、到現在開始去

葯

上學了，自己的病情也安穩了一些，只要每天吃藥，上醫院的次數總算少了一些，否則怎麼能還債？又怎麼能存錢？

才過四十歲不久的他，常常被誤以爲已經年過半百。過於蒼老的外表透露出不少滄桑，但是他很少提及種種過往，即使對自己的孩子也不講，彷彿一切都是深深鎖住的最高機密。

深深鎖住的點滴，其實是賴正元不願回首的傷心記憶。

在淡水河邊安穩住了幾年，又有狀況出現。原來政府爲了整治水患，決定拆除這裡的一大片違建木屋。爲了爭取生存的權益，居民推舉了幾位不必朝九晚五上班的居民去爭取權益，因爲他們在時間上比較可以彈性安排。賴正元也是其中之一。經過漫長協調，總算獲得另蓋新村、優先承購的安排。

賴正元存下的一點小錢當然不夠買房子，但是過去有借必還的良好債信在這時幫上了忙，加上這幾年幫人仲介以及爭取居民權益的事情，每一件都留給街坊極佳的印象，讓他可以把握這次難得的機會，一口氣標了好幾個會，終於籌到了買房子的錢。房子買到了，但是從此以後每隔幾天都要交會錢的壓力，壓得他幾乎喘不過氣來。

「老賴，有沒有考慮再娶一個？」朋友看他生活逐漸安定下來，好心打起了作媒的念頭。

「別開玩笑，我這身子？」賴正元想起自己的病。

「擔心什麼，我看你最近身子挺好，不是嗎？」朋友打氣。

「可是？」

「別可是了，放心，就交給我來安排吧！」朋友拍拍自己的胸口，露出祝福的笑容。

04 生下八斤巨嬰的 阿玉

淡水河的上游是新店溪。新店溪匯聚了山上的天降甘霖，經過千轉百迴的青翠山谷，一路而下。到了山腳，先過灣潭，再入碧潭。從碧潭開始，地勢已平，聚合了大漢溪後便由淡水河接替，直至入海。

碧潭的青山綠水是台灣風景的一絕，溪水的寬度不算太廣闊，但是據說溪水深不可測。擺渡的船老大曾經煞有其事、比手畫腳說著，有個人拿起長長的竹篙往下探，怎麼也探不著底，這個人不死心，又把三根竹篙前後相銜綁在一起，再一次往下探，結果仍舊碰不到底。碧潭到底有多深，委實難以想像。當地人說，就是因爲溪水流到這裡，驚人的深度連天光都透不了，因此才會洋溢著一片綠油油的青碧，彷彿水上、水下各有無盡森林。碧潭由此得名。

走過碧潭吊橋，再往裡有個渡口。搭船橫越溪水，徐行上坡，迎面而來的是一大片

青翠搖曳的高聳竹林。通體碧綠的修長綠竹夾著一條小徑，一路引向不知名的深處。

走在竹林中的小徑上，竹葉婆娑，細訴心語，交織而成的濃密竹蔭，貪心地遮去了整片藍天，因此即使盛暑來到這裡，也會忘卻烈日當空，只剩下通體舒暢的清涼愜意。

出了竹林，眼前出現滿目金黃的稻田，看起來彷彿是個三面環山的小盆地，兩側山坡下還稀稀疏疏散布著幾戶種田人家。

走上右側一道平凡山路，向著前面的農家而去，不久有座小廟，從此處左轉直行幾十丈越過房舍數間，再右彎進一小徑，登爬石梯數階，有間簡陋的烏瓦小厝，隱身在高聳的樹林之中。在這碧潭的山丘深處，如果不是有人引路，就算要特意去找也不一定能找到這個隱秘的處所。

在日據時代，小厝的女主人王嬌招贅李清和，陸續生養了十個子女，因此子女或用母姓或用父姓，有的姓王有的姓李。

據說李清和身高一米有八，天生武勇，單手能挑起五百斤的木材，可說是當時最爲傳奇的一號人物。他平日喜歡打抱不平，不怒而威，深受鄉里敬重。李清和的弟弟也頗不凡，年輕時曾經爲了伸張正義，憤而刺殺魚肉鄉里的流氓，在日據時代是轟動地方的大事。

李清和長子被日本殖民政府強逼成爲台籍日本兵捲入二次世界大戰，從此生死未卜。不久，李清和亡故，家境更顯拮据。爲了幫忙家務，才念五年級的王碧玉只好輟學，在家裡幫忙養豬、種菜、烹煮，順便照顧出生不久的小妹。

過了幾年，十八芳齡的王碧玉為了補貼家用，又翻山越潭，不辭路途辛勞，大老遠前往松山的藥品工廠當女工。

「阿玉，我看他對妳有意思喔。」一天下午吃完飯，藥廠女同事在回工廠的路途上對著阿玉取笑。

「什麼，妳說誰？」阿玉一臉迷惘。

「還裝，剛才同桌吃飯的楊先生呀，我看他一直找妳講話。」

「妳胡說什麼啦，那是妳男朋友帶來的朋友，我又不認識他。」

阿玉的同事沒有猜錯，這位姓楊的男子隨後就展開了積極的追求，每天都藉故同桌吃飯，但是這場追求一直徒勞無功。

恰恰在這時候，老天爺幫了大忙，有一場強烈颱風來襲，讓新店傳出十分嚴重的災情，碧潭山區的對外交通幾乎完全中斷。

「你怎麼會在這裡？」阿玉看到楊先生站在門外，心中十分訝異。

「我，我聽說這裡災情嚴重，放心不下。」楊先生撐著一柄早已被風吹爛的破雨傘，全身西裝都已溼透。

阿玉心裡一陣感動，忽然覺得眼前的這個男人可以託付終身。

天作之合，不正如此？

颱風過後，兩人開始交往，不久之後阿玉嫁到桃園的鄉下，很快就為楊家生下了一個男丁，取名新民，兩年多後又生下一個女兒，取名秋月。

楊家的家境頗佳，奈何楊母不喜歡這個出身平凡的媳婦，阿玉結婚之後整天都要忙著做家事，生完第一胎沒幾天就要照樣到溪邊浣衣，沒有月子可坐。

當良人另結新歡，婚姻路也到了盡頭。離婚時阿玉必須放棄贍養費，才能換得一雙兒女的撫養權。

娘家原本就不富裕，知道已經離了婚的女兒要帶著一雙可愛的小兒女回來，除了接納以外也幫不上什麼忙。在那個純樸的年代，離婚對於鄉下女子而言，簡直就是不可想像的事。

碧潭的天光水色還是同樣美麗，阿玉搭乘渡船過了溪，走向熟悉的家，沿路的茂密綠竹依然在微風中相互摩娑，沙沙作響，彷彿在歡迎昔日少女的歸來，竹叢底部多的是剛冒出頭的幼筍，它們好奇地探頭出來，想看看世道怎麼會有這麼大的改變。

生長在農家的阿玉從來沒有料到，自己會在感情與婚姻的這條道路上遭逢這種挫折，彷彿被人挖去了心臟，全世界的血液都因此被放流得一乾二淨，人生一下子失去了色彩。

儘管眼前一片黯淡，但是為了一雙幼小的子女，阿玉還是必須到處找尋工作賺錢餬口，只能把這些夾雜著傷痛與血淚的心事埋到心底的最深處，試著從此以後再也不去想

起，咬緊牙關苦撐，面對每天生活的挑戰。

在不相干的人的眼中，時間依然快速流逝，彷彿什麼都沒發生，卻不知道遭遇折磨的人其實默默承擔了每一分、每一秒的持續煎熬。

漫漫數年經過，一位朋友特來相勸。

「阿玉，我看這樣下去也不是辦法。」她看出阿玉越來越清瘦，生活的擔子實在不輕。

「命運如此，有什麼辦法？」阿玉苦笑，她早就認命了。

「有沒有想過再找對象結婚？」

「別開玩笑了，誰會找一個離過婚又帶著兩個小孩的牽手？」她說什麼也不肯放棄兩個小孩。

「妳如果願意，我認識一個朋友，人很古意老實，生活還過得去。而且，」朋友說到這裡停頓了一下才又繼續說下去：「他比妳大個十歲，也是結過婚的，現在跟妳一樣獨身很久了，自己一個人撫養一個男孩。」

「嗯。」阿玉不置可否。想了一想，彼此這樣的條件兩不吃虧，聽起來倒也公平，最重要的是，兩個稚齡的孩子確實需要一個家，就聽任好心的朋友去安排了。

朋友介紹的這個人就是賴正元。

05 欠錢沒還 歡迎再來買

賴正元與王碧玉相親那天，雙方都帶了小孩來，彼此介紹認識。

「來，這個給你。」阿玉特別買了一個又紅又大的蘋果，當成給賴先生小孩的見面禮。如果她與賴先生眞的可以發展下去，這個看起來敦厚木訥的小男孩祥榮也會成爲自己的兒子。

對阿玉來講，不管是不是親生，孩子就是孩子。

不過她的兒子新民可不認爲，最起碼，打從母親購買這顆蘋果開始，他的小腦袋就一直想著自己可從來沒有吃過眼前這麼又大又紅的蘋果。蘋果的價格非常昂貴，平常他們根本吃不起。

經過相親之後，老賴與阿玉都覺得對方應該可以相處，祥榮、新民、秋月這三個年紀相近的小孩也很玩得來，雙方決定把兩個殘缺的舊家庭合組成一個完整的新家庭，一起展開人生的第二春。

新的家庭一組成就有三個現成小孩。不久之後開始經營起小雜貨店，店名從兩人的名字各取一個字，就叫「元碧商店」。

在這家小雜貨店裡，兩個破碎的家庭得到安頓，並且庇蔭一個全新的家庭在此成

黑松

長。小雜貨店賺不了大錢，掙點生活費倒還過得去。由於沒有招牌，很少顧客知道這家小店叫元碧商店，還是習慣稱呼「老賴的店」。

老賴的店「生」意興隆，除了原本的兩男一女，開店後又生了兩男一女。這次結婚兩人本來打算只生一胎就好，怕養不起，但是很多事情人算不如天算。第一年生下了一個吸引左鄰右舍前往觀看的小巨嬰，取名祥華；隔年生下了一個小胖丁，取名祥蔚；過了四年之後又生下一個小女兒，取名祥菱。在新的家庭裡，那些沉重的往事不再被提起，默默沉澱在各人情感與記憶的大河底層。

老賴對待自己很節儉，對其他人卻很慷慨寬容，就拿雜貨店生意來講，不管買米、買麵、買糖、買鹽、買醬油，鄰居手頭如果不方便就賒欠，他總隨手拿起十包裝長壽菸的紙盒，撕下盒蓋，在沒有印刷的內頁簡單寫下日期與金額，不必對方畫押認記，直接放入抽屜，這樣就算是帳冊。

手頭不便的大人常常不好意思來，就差遣小孩來買。

「我媽媽說先欠著。」上門的小孩一臉純眞地說著。

你媽媽？你媽媽又不是雜貨店老闆，你媽媽說欠就欠嗎？

「來，拿去。」偏偏老賴總會笑著送上貨品。

中國人傳統上欠債不欠過年，怕帶了霉氣，大多數的賒欠者都會想辦法趕在年前自動來結清。偶爾會有一、兩個賒欠者對帳目有意見，急著要辯稱這樁買賣當天已經給了現金，或者說前幾個月的某日某時早已結清，老賴都笑笑接受。

有些家庭眞的窮苦，遲遲無法來償還賒欠的金額，老賴也不追討，到了年底清掃時，順手就把所有欠條都撕了，丟進垃圾桶，自此一筆勾銷，這些人不算欠債過了年，以後也不再提起。

到了新的一年，那幾家的小孩又會跑來說：「我媽媽說先欠著。」在老賴的雜貨店照舊能買。

小本生意，任憑賒欠，欠錢沒還，歡迎再來。

06 發現一塊錢的價值

賴正元是我的爸爸，王碧玉是我的媽媽。

關於我出生之前的種種故事，特別是他們兩人各自的前一段破碎婚姻，其實小哥、我、小妹三人一直都被蒙在鼓裡，無從得知。每次問起相關話題，三位兄姊們總會機警地搶著提醒說：「小孩子有耳無嘴。」或許是擔心這些問題可能會勾起雙親的不愉快回憶。

直到我漸漸長大，陸續知道這些故事之前，小雜貨店一直是我的快樂天堂。

黑松
王子麵

「老賴，有人躲在門口牆角偷吃。」顧客向坐在店裡的老爸告密。

老爸走過來一看，臉上露出微笑，原來是剛從幼稚園回來的我。

「進一整箱才賺兩、三包，還不夠你們吃。」老爸常笑著搖頭對兒女說，卻從來不曾阻止。

才上幼稚園的小孩不懂得什麼節儉，也還沒聽過連臭雞蛋都捨不得丟的故事，但隱約知道在自家雜貨店中貪嘴要有分寸，還會保持低調，難怪被當成偷吃賊。

在琳瑯滿目的零食中，「王子麵」與「乖乖」都是一大包三塊錢，可以吃上老半天，最常遭到下手。至於滋味無比甜蜜可口的牛肉乾，因爲秤兩論錢，價格昂貴，不免掙扎再三。

「老闆，買三十元牛肉乾。」有時闊氣的顧客會上門指名。

那時三十元可以買不少東西，但是秤一秤也不過薄薄一片牛肉乾。

幾個孩子常常在漂亮的玻璃甕前來回踱步，一忍再忍，等到眞的忍不住了，就撕一小角解饞，吃完後連沾染過的手指也一根根舔乾淨。

一旦嘗到了甜頭，接下來多半會在掙扎中撕了又撕，直到吃完一大塊牛肉乾才心滿意足。

如果不忍對一大片的牛肉乾大開吃戒，就會策略性的轉移攻擊目標，轉頭去尋找其他好玩意，那裡有豬肉乾、魷魚絲、魚鬆、肉鬆、肉脯、冰糖等美味。

冰糖是最理想的，不但好看得像是一顆顆的超級大鑽石，吃起來也甜嘴，慢慢含著有溫柔持久的口感，快快咀嚼另有粗暴痛快的樂趣。

昂貴食品通常擺放在玻璃甕內，這些玻璃甕高大厚重，通體晶瑩剔透，還戴個銀白色的金屬小帽蓋，常常在燈光下散發出五顏六色的迷人光彩，看起來十分漂亮，不過重量可沉的很。

有一次小哥墊著椅子去搬甕，我在一旁觀看，忽然「嗆啷」一聲巨響，玻璃甕跌下來，在半空中砸出漫天碎玻璃，把兩張小臉劃得鮮血橫流，只怕要瞎，急急送醫後縫了十幾針，在我的右眼下方留下一個飛機型的疤痕，至今依然清晰。

不放在甕裡的零食另有一番麻煩，例如價格昂貴的葡萄乾只有精美大包裝，想只吃一、兩顆都不行，又不敢眞去拆一大包，只好忍受看得到吃不到的煎熬，天天相見，更增思念。

有一天，我發現貨架上出現了新的葡萄乾透明小包裝，連忙拿了一包躲到無人的暗處，拆開之後大口一張就吞進了十幾顆。

「呸！」入口即吐，味道奇差，正想是不是葡萄乾過期壞掉了，低頭仔細一看才發現，包裝上寫的是「蔭豆豉」。

家裡開設雜貨店的另一個好處是廣受歡迎。不分男女，幾乎所有小朋友都想到我家玩耍，他們迫不及待的表情，總是清清楚楚傳達著心底的期望：「可不可以想吃什麼就拿什麼？」

我沒這麼大方，不像小妹祥菱。

「沒關係，想吃什麼自己拿，統統不要錢。」幾年後小妹帶著幾位國小一年級的同學好友回家，一進門就這麼說。要比慷慨，幾位兄姊都不如她，當小妹的朋友才是有福。

雜貨店的常客都知道，老賴每天從早上六點開始顧店，到半夜十二點多，一年三百六十五天全年無休，但是每隔一段時間，老賴就會有幾天忽然消失不見。

「老賴又住院呀？」

對著顧客的這類問題，六、七歲開始就幫忙看店的我只會點點頭。當時只知道老爸常住院，卻不知道這是什麼意思，大人們也不說明。

小孩子不很喜歡看店，一整天都不能出門，還要算帳。

「小賴，給我一包長壽。」

銘德新村的居民叫我小賴，有時也叫「老賴ㄟ子」。我記不住銘德新村的各個叔伯嬸姨們，但幾乎所有居民都知道我是小賴，是老賴ㄟ子，這是一種很獨特的溫馨與幸福。有人能當「台灣之子」挺厲害，我當「老賴之子」已很滿足。

上門買菸的客人收下香菸，又買了一些貨品，拿出一張百元大鈔。

關於一百元買了二十二元之後，爲什麼要找零七十八而不是八十八？這是我第一個想不通的數學問題。

那時電視上最常出現的兒童才藝比賽是珠算與心算，電視節目主持人總是快語念出：「第一道題：三千一百五十八塊六毛九加兩千七百四十四塊三毛三加一萬五千八百六十七塊一毛二減三千加……。」

一連串數字如同機關槍掃射一樣逼逼逼逼爆個不停，聽都聽不清楚。

「買這些，幫我開。」買菸的前腳剛走，進來了一個買罐頭的，放下鰹魚與鰻魚罐頭，看了面前的小孩一眼又丟出一句：「你會開罐頭嗎？」

我拿起開罐器，小手輕快在罐頭上繞一圈，三秒搞定鰹魚。鰻魚難度較高，花了四秒，趁這機會心裡偷偷算了兩遍才說：「三十五元。」

算術不行，開罐頭卻不成問題。

如果電視比賽的不是珠算與心算，而是開罐頭，我一定敢報名。

於是主持人會改口說：「第一道題：先開綠巨人玉米罐頭再開同榮鰹魚罐頭再開新東陽肉醬罐頭最後是難度最高的扁平型鰻魚罐頭。」

除了看店，身爲雜貨店少東還要幫忙補貨進貨。

每逢進貨，要幫著分類上架，並且記下新的價格。最麻煩的是酒類，一進貨各家雜貨店都要在瓶上蓋自家戳記，以免多收了別家空瓶，難以向公賣局退款。

「阿蔚，我們來玩蓋印章比賽。」剛開始，哥哥姊姊都是這樣把我「騙」去一起蹲在大太陽底下幫酒瓶蓋店章，後來我長大一些，不再好騙，兄姊乾脆明白規定配額。

蓋完印章，不只拿酒瓶的手掌一片灰污，還會曬出一身大汗。

「老賴，下星期天晚上辦喜事，不要忘記喔。」

登門的大嬸特意提醒，不必言明也知道她的目的除了紅包，還有預訂喜筵的汽水、啤酒。這是一門不小的生意，但是賺到的錢不知道夠不夠付紅包。

當天中午，街坊已經搬出椅子在巷口封街，就地搭起大鐵架，上面鋪上藍白相間的塑膠布，罩著底下的餐桌，權充喜筵場地。

「又有得吃了。」鄰居小孩看到棚架心知肚明，眉開眼笑。

雜貨店小孩卻不是這麼一回事，有得吃當然好，但是要先忙上一陣子。

喜帖上寫的時間是星期日的六時入席，六時三十分開席。差不多下午四點，雜貨店就忙了起來，一箱箱沉重的汽水、啤酒陸續搬上三輪車，還有香菸、瓜子等小雜貨，載了送去，再卸下來。

「恭喜，恭喜。」道賀聲持續到晚上十點才逐漸淡去，客人陸續歸家。

這時隨著老爸一起赴宴的小哥與我，連忙一桌桌收拾自家的瓶瓶罐罐。

「能不能明天一早再來收?」我吃撐了肚子，只想趴下睡覺。

當然不行。

「都收好了，回家吧。」等回家卸完貨，一切都忙完，已經晚上十二點。

運貨的腳踏三輪車是雜貨店重要的生財工具，早些年老爸踩三輪車，常帶著兩個小男孩去幫忙搬貨，後來身體大不如前，小男孩也會踩著三輪車去進貨。家裡的三輪車踩起來很沉，方向還會老向左偏，一般人還眞騎不來。我一直以爲所有的三輪車都是這麼難騎，有次踩了別人的三輪車才知道不是這麼一回事。

本來總想雜貨店是門好生意，賣多少錢就等於賺多少錢。一包長壽香菸十元，賣一包菸，可以換到一碗三元的蚵仔麵線足足三碗，而且有找。

如果這樣，長大當雜貨店老闆也不錯，只要別像老爸天天清早六點開門，半夜十二點才關門，一年三百六十五天全年無休。

不久發現，售價中只有一小部分屬於雜貨店，例如長壽菸，一包賺一元，賣三包才能換一碗麵線。這個發現像地震一樣震垮了我心中的美好雜貨店，因爲小雜貨店一天根本沒多少生意，如果利潤這麼微薄，連生活都不夠，怎麼還有錢去繳電費、水費、瓦斯費、營業稅?更不要說一進貨就被自己人吃掉一堆。

「老賴，一包長壽。」

每次顧客上門買菸，老爸就上前，帶著笑臉招呼，拿菸交給客人，收下錢，仔細算好之後找零，然後彎腰鞠躬微笑說聲謝謝。

這樣賺了一元。

什麼是一元？

一元不再等於買三顆小糖球，不再等於買兩根枝仔冰，而是在老爸來回走動鞠躬道謝之後賣出一包香菸。

念國小時，非常想參加童軍團，一問之下，光是服裝就要六百元，等於老爸的六百聲辛苦謝謝，怎麼開得了口？

有一次送貨人來收款，老爸說要開票。

「老闆，你嘛幫幫忙，才一百多塊，還開票？」年輕貨商不滿。

老爸默默開好爲期一個月的農會支票，交給臉拉得比馬還要長的貨商。

受了這些見聞的影響，我的雜貨店經營夢在不知不覺間消失無蹤。

「我告訴你，小時候好想嫁給你，因爲這樣就可以搬到雜貨店去住了。」十多年之後，有一個漂亮女生獻出遲來的告白。

聽她這麼說，忽然有點後悔沒有繼續經營雜貨店。

那時家裡的小雜貨店已經因爲遭逢變故而收了，在此同時，新穎的二十四小時便利商店正在都市裡悄悄興起。

07 野孩子的荒野童年

銘德新村起造完工之時，宛如座落於蔓蔓綠草之中的孤城，四周都是稻田、荒野或各種大大小小的水窪與沼澤。

這種環境對小孩子來講，眞是最快樂的大地樂園，可以供他們盡情玩耍。

當太陽斜斜的從東方升起，澄淨溫煦的光芒緩緩的照亮了大地，銘德新村再度被滿眼青綠所擁抱。

睜開眼，一衝出小雜貨店，穿過幾條小巷，就可以投向田野的懷抱，我的童年除了雜貨店生活以外，有一大半都是花在田野的歷險上，這是一種看慣精緻玩具的都市兒童所難以想像的簡單幸福。

幾年後進國小時，老師曾問全班五十名同學有多少是道道地地在新莊出生的居民，結果只有兩個人，換句話說，百分之九十六的孩子是在外地出生後才搬到新莊居住，由此可見新莊早期之荒蕪與外來人口增加之速。

在銘德新村南邊不遠，有一大片稻田。

每當春末夏初，一望無際的萬千稻禾無不拼命伸向藍天，偶遇風起，便展現出婀娜多姿的柔和草浪。站在青翠的稻田之間，格外可以感受到穹蒼的浩瀚偉大與孩童的細微渺小。

當稻米收割完，一束束遭到拋棄的乾稻禾便堆積在乾涸的土地上，足足有一個成人那麼高，像個小茅屋似的。

稻禾茅屋雖是實心，一樣可以住人。通常只有第一次見到這種寶貝的小孩子才會快樂地鑽進鑽出，硬是擠出一條條似有又無的小小通道，彷彿輕輕鬆鬆就建立了秘密基地，於是暢快住了進去，在裡面招朋引伴、大玩迷途巧遇的遊戲。

等到全身上下開始因爲鑽稻禾而出現要命的搔癢，而且狠狠癢個一、兩天，這才明白爲什麼資深一點的野孩子不來搶這好玩的遊戲，總是在一旁專心生火。

「要不要烤地瓜？」玩伴看到小哥與我一起進到收割完的稻田來，立刻雀躍邀問。

其實不必他問，看到四周布滿的土墩，有的正在悶火之下發紅發熱，有的已經開掘出香噴噴的烤地瓜，怎能多忍？

烤地瓜什麼都不必帶，田地上多的是可以生火的稻禾，旁邊還有野生地瓜可以任挖。野生地瓜細細小小，像枯樹根似的，吃起來也不甜，但是在吆喝同伴、生火、煽風、等待、品嘗與分享之中，自有樂趣。

「來，看誰厲害！」吃完地瓜，撐著沒事，童黨順手拔起田間小路上叢生的小雜草比氣力。

這種小雜草屬於禾本科，頎長綠葉低伏在地，青翠草桿高高挺起，每株草桿頂端都有五、六小分叉，小分叉長三、五公分，各自穗穗鬚鬚，就像是弓箭的箭尾一樣。拔下一株草桿在手，打個環結變成小馬尾，邀請對手互勾，用力一扯，勝者馬尾仍在，敗者光桿斷頭，煞是好玩。運氣好拔到「王」，保準打遍天下無敵手，那才叫過癮。

這種草叫「牛筋草」，出了名的有韌勁，又叫「蟋蟀草」，因爲常被拿來逗弄蟋蟀。有一些菜鳥小孩搞不清楚狀況，會誤拔另一種類似的小草來參加比試，一定慘敗而歸，那種嬌弱的小草也屬禾本科，只有兩個分叉，得名「兩耳草」。

「可惡，又輸了一局。算你運氣好，如果我前天的『王』還在，你這株小臭草一定不是對手。」

有些牛筋草特別勇猛，是可遇不可求的「王」。但是不管「王」有多麼英勇威風，即使捨不得丟棄而帶回家珍藏，隔天照樣水乾草枯，一觸即垮，再也沒有半點戰鬥力。這是小草的宿命，但何嘗不是所有生命的宿命？

「看招！」我輸了拔草的賽局，回頭射出一鏢。

所謂的鏢，是一種布滿細小尖刺的雜草小草苞，隨意摘上幾枚，一個一個凌空射去，沾到衣服就會輕輕黏住，就像武俠片中的飛鏢暗器。

這種被當成武俠工具來玩的雜草，有個名副其實的名字，叫作「鬼針草」，又稱「咸豐草」。

菜鳥小孩搞不清楚，常常誤拔另一種野草，這種飛鏢保證黏沾不住，因爲只有形狀相似，性格卻很溫柔，只是兩種野草常常叢生一起，才會誤導生手。不黏的野草連名字都文雅，宛如浪漫文藝愛情小說中的名字，叫「霍香薊」。

近午時分，日光猛烈，枯田上的小孩紛紛轉移陣地，青翠遼闊的沼澤地不僅可以捕捉高跳如飛的蚱蜢與螳螂，還有水中游來游去的蝌蚪與青蛙。

「刮！刮！刮！」青蛙像促銷刮刮樂一樣此起彼落的喊，卻不知這一喊，不免要賠上性命。

有些小孩很厲害，聽聲辨位，一下子工夫就能抓到幾十隻大青蛙，而且剝起蛙皮來手腳靈活，好像是幫青蛙脫外套一樣簡單，再隨便找個鐵罐就能現場生火烹調，吃起來津津有味。

「哇！哇！哇！」青蛙其實沒有哀鳴，但是我耳邊卻自動響起慘叫。

我不敢生剝青蛙皮，只好把好不容易捉到的生平第一隻不大不小的青蛙帶回家中飼養。這隻青蛙被關在家裡當雜貨店小倉庫用的小房間內，任憑牠自己去尋找蚊蠅餬口。幾天以後想起青蛙，回頭翻遍了一堆紙箱卻再也找不到，連皮也沒剩下，至今行蹤成謎。

更好玩的是划船遊戲與抓蜻蜓。

蓋樓灌漿用的模板是最理想的船隻，此外木板、大竹竿、保麗龍等，只要拼湊起來能浮的就是船。一個連在水裡憋氣也不會的小孩，玩了幾年的划船遊戲居然沒溺過水，

想起來也神奇。

大概是因爲常玩水，老爸在林口長庚醫院住院時，我走出病房到處亂跑，一看到醫院旁的那潭大水池就跑過去跳到浮在水面上的樹幹上玩，結果栽到水裡爬不上岸。當年長庚醫院附近沒什麼住家，水池邊更少有人影，如果不是正好有個釣客出現，結果只怕不妙。這次經驗讓我學到一個教訓，就是長庚醫院的水池十分危險，不過這個教訓並不直接套用到其他地方的水池。

抓蜻蜓也很有趣，儘管某些情節回想起來相當殘忍。走進沼澤地區，只要一看到長了翅膀的「彩色鐵丁」滿天飛舞，心中就會湧起感動的讚嘆。這些蜻蜓其實不是蜻蜓，而是和蜻蜓同屬於「蜻蛉目」的昆蟲近親「豆娘」。被當成蜻蜓的豆娘有著比較纖細頎長的身軀，眞正的蜻蜓則比較粗肥勇壯，在小孩子口中晉級爲大蜻蜓，大的當然沒有小的可愛。從小叫慣了，還是把豆娘稱爲蜻蜓習慣些。

蜻蜓的舞姿非常優雅和緩，忽而在水面上，忽而在綠草間，一定會輕輕闔起薄翅停歇一下才再飛走。有時候單身，偶或成雙入對，但是都一樣，太優雅了，不像粗手粗腳的大蜻蜓那樣過於匆忙與粗魯，結果反而是常常躲不開野孩子的呵愛與捕捉。拇指與食指兩根小指頭一合，捏住一對透明翅膀，細細長長的蜻蜓才驚覺起來而扭動掙扎，兩顆大眼睛不停顫動，把頭兒襯托得很大，格外有趣。

野孩子伸出另一隻手以手指輕輕一彈，像玩彈珠一般，一條小小的生命就因身首異處而結束。大概是生命太迷你了，竟不懂那殘忍。

比較起來，幼時在傳統市場體驗了雞販連連殺雞時的血流遍地、哀啼盈空，心有所感，漸次發酵，從雞肉開始，擴及鵝、鴨，最後遂對所有禽類一體忌口。

老媽多次嘆說：「早知道不帶你去菜市場。還好沒帶你看到殺牛、殺豬，不然豈不吃素？」言教雖然如此，但是種過田的老媽其實自己也不吃牛肉，而且一點也不願意沾口。老媽自己不吃，卻不禁止家人享用。由於全家除了老媽之外，人人都喜歡牛肉的滋味。姊姊秋月說，有次老媽拗不過他們三兄妹的哀求，親自下廚烹煮了一次牛肉，但事後卻拿起鐵鍋使力刷洗，足足洗了三次，才敢再煮其他菜餚。從此以後，再沒有人忍心說要在家裡煮牛肉。

在銘德新村的西面，有片迷你的小高原，上面有瘦巴巴的高樹可供吃飽沒事做時上下攀爬，旁邊還有矮冬瓜的灌木叢可供捉迷藏時掩護。

有一次我正想爬上瘦樹，走近了卻隱約感覺有些地方不太對勁，抬起頭仔細一看，才注意到樹枝上面懸吊著什麼東西在那邊晃呀晃的。

定睛一瞧，原來是一隻貓在盪鞦韆。

貓也會盪鞦韆？還沒上小學的我眞是開了眼界。但不對，不像盪鞦韆，貓像是被吊上去的，而且似乎死了。樹固然不爬了，遇到的怪事也沒多想。後來不知道從哪裡學到了上吊是爲了自殺，才又好奇的想起這件事。

原來貓也懂得上吊！心裡大大驚奇，不過百思不得其解：這隻貓為什麼要上吊？再過幾年後才知道原來這是「死貓吊樹頭、死狗放水流」的民間習俗。

高原上最有趣的地方還在於邊緣地帶，從兩公尺「峭壁」上俯瞰小溪，那裡總有寶藏等著發掘。本來是爲了要撿拾「歹鐵」，才會冒險攀下峭壁。

說起撿拾廢鐵，幾個小孩花個數天工夫，湊齊一大袋的金屬瓶蓋、廢鐵釘、空鐵盒、破鐵鍋、爛鐵茶壺，就拖去大街的一個小巷裡秤重，換得四、五塊錢，分一分大概每人一塊錢，剛好拿來買自家沒賣的小糖果或小玩具。

如果發現一些不錯的零件，「無敵鐵金剛」的夢想就會自動在腦中浮現。

據說當時播放《無敵鐵金剛》等卡通節目的動機之一，是政府爲了抑制當時太受歡迎的布袋戲節目。小孩子不會知道這些，更不想關心這些，反正有卡通看就好。在卡通的影響下，爲了打造自己的「無敵鐵金剛」，我會把路上撿拾而來的可用零件特別帶回家儲存，以便長大以後學會組裝「無敵鐵金剛」時可以派上用場。爲了預先熟悉機械拆裝，家裡的收錄音機成爲第一個犧牲品，硬是遭到小手拆卸，只是破壞容易建設難，拆了以後怎麼也裝不回去。兄姊發現之後，大爲吃驚，但是居然沒有生氣。

正是爲了找尋廢鐵，才會一路尋尋覓覓來到銘德新村西面高原峭壁下、小溪旁的「寶藏堆」。

所謂「寶藏堆」，其實就是一個大型的垃圾堆。

雖說是垃圾堆，當時一般家庭沒有什麼垃圾，廚餘又都另有餿水桶，因此小峭壁下頂多就是廢棄家具或是過期書報，不髒也不臭，遠非今日既有沼氣又有惡臭的垃圾堆可比。逛垃圾山尋寶有什麼樂趣，大概只有喜歡逛舊貨攤、舊書攤的人可以理解。

那條曾有小魚穿梭的小溪流，後來在不知不覺之間成了厚重水泥加蓋仍難掩臭氣沖天的大排水溝。今昔相比，面目全非。

在銘德新村東面，看起來無比乾淨，可是暗藏風險。在那裡高高聳立的，是我三歲時拔地而起的十層摩天大樓：省立台北醫院。

現在已改爲國立的台北醫院，剛蓋好時受到地方注目的程度，絕不下於二〇〇三年落成時大大轟動的世界第一高樓「台北一〇一」。

嶄新大樓、全棟空調、自動大門、亮眼地板、更有魔幻電梯；四周是千百坪的美麗花園，樹木青翠、鮮花朱紅、草坪廣茂、還有活生生的蚱蜢跳躍其間，被視爲附近居民的絕佳休閒公園。

醫院公園的植栽中有一種小樹最讓小孩喜歡，長滿橘色與紅色的小果實，似乎過了幾天長大以後就是芒果或橘子，可惜不是。等到小孩長高長大，小果實還是一樣小，連小樹也長不大。這些小樹果然和橘子有點關係，名叫「月橘」，又叫「七里香」，天生是長不大的小灌木。

大人愛的是公園，小孩愛的是電梯。

第一次搭坐電梯，那種在電梯自動門一開一闔之間，不知不覺就換了空間的迷失與疑惑，很快就被魔術般的新奇趣味感取代。小小孩童可以成群結伴玩上一整個下午的電梯，直到對待看診患者一貫慵懶的醫院人員終於再也忍不住寧可多事跑來趕你。

童黨盛傳有些樓層是去不得的，因爲那裡是專放死人的地方，還有一甕甕分門別類的內臟。據說是在最高的一層樓，或者是頂樓，又有人說是九樓、八樓、或是七樓。有些答案純屬亂猜，有些答案出於誤會，因爲醫院各層兩邊的逃生門上都寫了「太平門」三個字，有些小小孩童不很識字，到此一遊後指鹿爲馬堅稱自己走到了「太平間」門口。這個謎團始終沒有澄清，雖然多數人相信應該是在最高層或頂樓，因此玩電梯時敢按上那幾層便被視爲勇敢，儘管電梯到了門一打開就嚇得趕快又按了關門立刻下來。

這個時有爭議、多年未解的謎團，一直到我國三那年才有了答案：原來太平間在一樓。別搞錯了，很多醫院都把明明是二樓的樓層取名爲一樓大廳，卻把眞正的一樓喚作地下室。我說的是貨眞價實的一樓。

大人不喜歡小孩去醫院，因爲不乾淨。

不乾淨的東西除了病毒與細菌之外，還有一些大家希望看不見但是偏偏偶爾又會看見的「東西」，這種東西大人們多半不敢直接明說，於是拐個彎諱稱爲「不乾淨的東西」。

有一段時間去省立醫院慢跑散步的人忽然少了許多，這是因爲據說每天清晨固定去散步的一位有名有姓的街坊阿婆，信誓旦旦說自己在後草坪的小路上看到那些不乾淨的東西，其中還有一位故去已久的友人，因此嚇得回家以後臥床大病多天。

這些傳言時常會出現，不過這次因爲人、事、時、地、物比較具體，講的人又是比較有公信力的老人家，一時驚動許多人。

在到處探險的過程中，小孩子很容易就結交同年紀的朋友。

「我們來結拜兄弟好不好？」幾個好朋友玩到一半時，有人提起。

「好呀。」提議既出，一呼群應。依照年齡，我排第二。

結拜兄弟似乎是大人才能做的事，可能正是因爲這樣，讓不到十歲的小朋友們聽起來更感有趣。很多事情都是因爲本來不該做，才會做起來特別有趣。

結拜之初，電話還不普及，更別說手機與呼叫器。爲了遇到事情時可以在不被大人知道的情況下進行秘密聯絡、互相支援，我們五個約好用透明塑膠袋包著小石頭，放置在各人的家門口，一旦看到，就要快速集合。

這種古老幫會式的聯絡方式，當然快速不了。話說回來，小小孩童又怎麼會有什麼眞正要緊的事情？因此剛開始這主意還有點新鮮有趣，但在嘗試了兩、三次之後，很快就因成效不彰而失去了魅力。

結拜小兄弟之間的趣事頗多。我的一個結拜弟弟家境不錯，常常拿錢來買我畫的無敵鐵金剛，大張兩元，小張一元，買了幾十張，直到他母親知道才阻止。

一天幾個結拜小兄弟去另一個朋友家玩模型戰爭遊戲，朋友的小姊姊本來和自己的小女生朋友在房間裡玩紙娃娃，忽然跑過來說：「我們跳脫衣舞給你們看好不好？」

「啊？」我有點意外，雖是小小孩童不知道這有什麼好看，卻是既期待又羞於大聲說好。

三、四個小女生身穿裹薄被，從房間裡邊哼音樂邊跳出來，在其他人的喧鬧下開始跳起脫衣舞，一曲既終，又嘻嘻哈哈的爭相衝回房間。

她們脫掉被單以後，究竟裡頭有沒有穿衣服？或是穿了多少衣服？我始終不知道，因爲我小小年紀不學好，偏偏假正經的閉上了眼睛。

「今天會不會再跳一次？」後來每次去他們家，腦袋裡都不禁要偷偷問這個問句，不過從沒發出聲音，當然也沒有如願。年紀稍大一些後，更知道再也不可能有機會。

眼睛沒享受到眼福，後來卻遇到眼禍。

某個下午，幾個結拜兄弟在自家屋頂大玩劍俠遊戲，隨手拔下幾根廢棄的電視天線，就這麼人手一劍，殺得不亦樂乎。

冷不防一枝暗箭毫無預警射來，寒意襲面，要躲已來不及，左眼傳來一陣要命的刺痛。

「哇！」的一聲慘叫，痛得當場蹲下。

看我摀眼蹲下，結拜兄弟一時還不知道發生了什麼事，隨後才發現有柄寶劍在砍殺中斷了一截，成爲凌空射向我的暗箭。

「沒事，沒事！」一陣慌張亂叫之後，不知道誰鼓起勇氣拉開我的手檢查，沒看到流血所以猜想應該沒事。大家決定不要讓大人知道。

有人塞來一條濕毛巾冰敷，然後就一哄而散。

進了房間躺在床上，希望眼睛自己快快好起來，但是卻越來越痛，等到晚上大人才發現，立刻把我送到省立台北醫院。醫生說眼角膜被刺破，沒瞎是運氣，如果晚點來，發炎惡化也可能會瞎掉。

當了十幾天的獨眼龍，眼角膜上的傷痕才慢慢癒合。左眼在這次受傷後，視力居然從〇點一變成一點〇。從此以後，每逢健康檢查就很困擾，每當檢驗人員好奇的念出有人左眼視力一點〇，右眼視力〇點一，班上同學就會大叫：「哇，外星人！外星人！」

很久以後鐳射手術普及，才知道自己左眼近視爲什麼會獲得矯正。因爲鐳射手術是經由精準的鐳射光束進行眼角膜表層切割，等傷口癒合繃緊，屈光能力增強，近視於是治好。通常一次手術要價好幾萬。沒想到暗箭在我左眼的一刺，神乎其技達成相同效果，治好左眼近視，而且免費。

麻煩的是，自此打躲避球、乒乓球、羽毛球時，常常漏了球。這是因爲眼前十五公分以內是右眼當值，三十公分以外則左眼輪班，中間是兩眼相互禮讓的模糊地帶，也就是害我失球的區間。

五個小孩結拜成兄弟，委實要好了一陣子，長大後反而少了來往。老三因爲一次小紛爭，最早先停了來往。老五家中事業經營不善，舉家遷走，多年後才搬回來。最讓人意外的是老四，他是早產兒，出生時只有正常嬰兒的一半，靠著外公外婆辛苦養活。原本愛玩的他，年近三十歲時忽然看破紅塵，剃度出家。

08 推舉老賴 選里長

正當小賴在荒野玩得不亦樂乎，老賴也跨出雜貨店而忙了起來。

銘德新村的成立，說起來與老賴有深厚的關係，加上他的雜貨店是街坊必經之地，所以絕大多數居民都認識他。

銘德新村的原住民多數來自外縣市，三十幾年前落足台北縣打拼奮鬥，因爲連個住的地方都沒有，只好在淡水河旁找塊方便的土地，用木板拼湊出簡陋的臨時木屋，暫且落腳。日久人多，聚成一個小小村落。

「糟了！糟了！政府說爲了拓寬河道，要拆掉這裡的違章建築。」

「如果眞拆了，我們要要怎麼辦？」

「是呀，以後要怎麼辦？」

消息快速傳開，一時人心惶惶。破木屋雖然缺水少電，畢竟是個可以擋風避雨的地方，勉強能維持一個家。一旦失去，未來怎麼生活？

亂了幾天，居民推選出幾個識字、熱心，而且不是上班族的居民擔任代表，去向政府陳情。

老賴也是代表之一。

經過一段時間的爭取與協調，政府終於同意找到空地另蓋村落，讓被拆遷戶能夠優先承購。這塊土地十分平坦，看似不錯，蓋起來的銘德新村也中規中矩，眞住進去了才知道地勢低平，以致常惹水患。

「老賴，公所說思源里人太多了，決定要把我們分出去另外成爲思賢里。」老鄰居快步走進雜貨店通報訊息。

「叫什麼里有什麼差別嗎？」老賴搔搔頭反問。

「差一個里長呀！如果多了一個里，當然要多一個里長。」

「那又怎樣？」老賴還是沒搞明白。

「怎麼樣？我們決定推你出來參選！」

「這怎麼成？」老賴聽了相當意外。

「怎麼不成？大家都覺得你最成！」

老賴就這麼被人趕鴨子上架，倉促參選應戰，結果高票當選，成爲思賢里的第一任里長。往後幾次改選，總是獲得壓倒性的絕對多數選票，一再連任。

當時里長屬於官小事多的無給職，沒有正式薪水，大小庶務卻頗多，遇上里民大會、運動大會更要到處動員，辛勞數天，每個月只領一千多元車馬費，象徵意義大過實質報酬，差不多等於當義工。

坦白說，孩童時很不喜歡有個里長老爸，連玩跳格子遊戲贏了其他小孩，也可能天外飛來一句：「里長ㄟ子臭屁呀？」

跳格子和老爸當里長有什麼關係？

他們可不知道，老賴當了里長以後，對孩子們在外的言行越加注意管教，不像從前很少約束。

思賢里的中心就是銘德新村，銘德新村地勢低窪，注定飽受水患，颱風來了淹水，下場大雨也淹水，每年最少要淹三次水，積水輕易就能漫過成人大腿。每次淹水時，人人在家中躲難，身體不好的里長老賴卻必須外出涉險。

「老賴，快來看，道路坍崩了！」深夜一點多，有人打電話來報案，緊張兮兮的說他家門前的道路因雨塌陷，對房屋地基有立即性的威脅。

銘德新村

「馬上來。」出院不久的老賴掛上電話，立刻要摸黑趕去查勘災情。

那年我十歲，看著屋外的一片漆黑與處處水窪，忽然感到心中七上八下、忐忑不安，堅持要跟去。

一到現場發現所謂的道路塌陷，只是路面泥沙隨雨流進開挖中的排水溝。

「這個人怎麼打電話亂講呢？」我不高興的說。

「沒有出事總是好事。」老爸只是笑笑。

這條動工中的排水溝，被視爲解除銘德新村水患的良方，爭取多年才動工。工程開始不久，幾個壯漢在深夜中出現在里長家中。

「這錢你拿去，工程不要亂看，話不要亂說。」壯漢從黑袋中拿出一疊厚厚的紙包。事後幾個兄弟猜想粗估，少說也有十萬之數。

「這個我不要，只要品質沒問題，沒有人會亂講話。」老爸嚇了一跳，兩手忙著左右揮舞，怎麼樣也不肯碰這些鈔票，現場局勢弄得很僵。

推讓動作在低沉的氣氛中持續了好一會兒，最後對方知道行不通，原封不動把錢帶走，臨走時放話：如果說出去就要你全家大小好看。

原來當里長也能有這些天外飛來的意外之財與突然降臨的身家威脅，老賴在威脅利誘中始終堅持清白做人，這件事在小賴心中留下了深刻的印象。

09 面對群毆與械鬥的少年

簡單生活就是一種幸福，經營雜貨店的老爸一定深有體認。

老爸經常帶著微笑，偶爾哼哼一、兩句可能是來自故鄉的俚曲民謠，只有在夜深人靜時才會流露出若有所思的憂鬱神情。他對人和善，但是話不多，平時在家裡也很少和孩子談什麼人生大道理。

可能是老爸寡言的緣故吧，讓我不太知道應該怎麼去和父親交談，幾次在病床旁邊的陪伴，反而促成了一些談話機會。不像我拙於娛親，小妹祥菱天生就擅長對雙親撒嬌，還好有這個么妹，老爸晚年才多了些歡喜。

「爸，你希望我長大以後做什麼?」我陪伴在病床邊時曾問。

「自己喜歡什麼就做什麼，不要變壞就好。」老爸露出慈祥的微笑，稍微紓緩成天的疲憊病容。

我沒有繼續問，擔心爸爸會感到倦困。

「如果你喜歡念書，考個大學也不錯。」過了一會兒爸爸又補上一句，他覺得多念點書可以找到輕鬆一些的工作，不必太辛苦。與其說他是期望孩子能考上大學，不如說這是希望子女能生活得好一點。很多家長喜歡把自己沒做到的目標轉移到下一代身上，

老爸卻從來沒有賦予他的孩子任何成長壓力，因爲幸福原本只在自己身邊，不必另求。

但是太多歧路會引誘你上前，偏離簡單的幸福，例如金錢、名聲。對年輕人來講，甚至只是青春狂野的血氣方剛，也能讓人誤入歧途。老爸只希望子女不要變壞，但是回想起來，我差一點就連這個起碼的要求也維持不了。

「剛剛誰在學校門口勒索搶錢，出來！」一個午後，我對著正在遊樂場裡撞球的幾個小混混發問。身邊還站著二十幾個人，清一色穿著制服。

球場原有的喧囂聲頓時停止，裡面的青少年神情緊張，高度戒備，準備面對隨時可能衝過來的這群人。

這是國二的事情，班上有個同學中午外出吃飯回校時，在門口遇到附近的不良少年勒索，回到教室來哭訴。

「太過分了！」有同學聽了說。

「對呀，我上次也遇過。」另一個同學說。

「他們有幾個人？」有人問。

「三、四個吧。」被勒索的同學說。

「對，我那次也是三、四個。」

「太過分了，跟老師講一定沒用，我們乾脆直接去找他們算帳！」大家越講越氣，七嘴八舌中有人提議。

既然有人起鬨，一向被看成很能打的幾個同學就很難脫身，不然馬上會顯得自己很「遜」。對我來講，這怎麼行！

我們一行人走出校外找人，沿路又招攬了幾個來看熱鬧的朋友，走到目的地時已經聚了二十多人，聲勢浩大，一起擠進窩在地下室的撞球間，學校附近的不良少年經常在這裡出沒。

裡面有七、八個年輕人，發現樓梯口忽然進來了一大票學生，第一個反應都是愣了一愣，直覺反應就是舉起球桿準備開打。

我剛剛的問話沒有人回答，更沒有人承認自己在校門口勒索了人。眼看雙方劍拔弩張，衝突一觸即發。

「不在這裡。」被勒索的同學仔細看了在場的人，沒有發現嫌犯。

一連找了幾家球場都沒有發現，一群人只好回到學校，這場預期中的大規模群架結果沒有發生。大概是風聲傳了出去，對方轉移陣地，因為往後好一陣子沒再聽說有人被勒索。

「如果打起來會怎麼樣？」那天回學校後有人問。

怎麼樣？如果一群人打架打到街上，事情鬧開了，只好進警局。

就算警察沒來，後續的報復尋仇也免不了。

後來確實有人衝到教室來尋仇，不過那是另一起衝突，這次換別人成群結隊來堵人。

事情的開始是這樣的，班上同學在操場打籃球，突然一個跳投長射。

「咚！」地一聲，笨重的籃球沒有進框，連籃框與籃板都沒有碰到，而是直接砸到了路人甲的腦袋。

籃球加上長射，不難想像那股力道。

「對不起。」惹禍的同學趕緊上前道歉。

「媽的，你故意的！」路人甲開飆。

「沒有啦，眞的對不起！對不起！」同學連連澄清。

「別囉嗦，讓我用籃球砸回來。」路人甲槓上了。

「都說對不起了，而且他又不是故意的，算了吧。」其他一起打籃球的同學紛紛過來幫腔。

「靠人多是不是？好，試試看，大家走著瞧。」路人甲憤憤離去。

到了放學時間，路人甲果然來了，而且還約了四、五個不良少年一起出現在教室外。

「出來。」路人甲站在教室門口點名剛才投球那位同學出來。學生制服上都繡有班級與姓名，這時發揮了功效，讓不良少年方便尋仇。

「你不出來？好，等我進去，你就知死了。」不好惹的路人甲看到被點名的學生不回答也不出來，直接帶人進來，要把人架出去打。

「喂，你們要幹嘛？」女同學看到這些凶神惡煞進來，先發出尖叫與質疑。

「你們這樣影響到我們看書了。」李同學提出抗議，兩、三個男同學立刻附和聲援，不過對方顯然不理。

「出去，」我一拍桌子站起來大聲說：「你們的事我不管，但是不要在我的教室裡鬧事。」班上同學看到有人站起來，聲援陣仗更大更踴躍。

對方眼看眾怒難犯，在離去前指著我說：「你有種。」

結果這件事又攬到了身上。

剛才就有預感可能會搞成這樣，但是還是免不了因爲好勝而強出頭。

接下來幾天都風平浪靜，無巧不巧，有一天我蹺課不在，那個路人甲剛好邀集了更大批的人馬出現，而且這次十幾個人帶了好幾根鋼條與木棍前來，點名找上次那個拍桌子的。

看到要找的人不在，這批人叫囂了一陣，在學校報警之前匆匆離去，暫時銷聲匿跡。

幾個月以後的一個夜裡，路經學校旁的一條小巷道，居然狹路相逢，碰上了路人甲那一夥人群聚路邊抽菸，對方大概是沒認出我，又或者是過了這幾天之後事過境遷想想也沒什麼深仇大恨，因此有驚無險的擦肩而過。

當然不是每次衝突都這麼和平落幕。

另外一件事情源於一起小衝突，很小的衝突，沒有當場打得對方眼青鼻腫，甚至沒有眞正開打，可見衝突之小，小到根本不記得爲什麼起衝突了，誰知道因爲在無意間跟一位校園大哥聊起這件事，竟然惹出風波，因爲他要爲我出頭，還找我旁觀。

「喂，出來一下。」那位校園大哥隔天來班上召喚。

「什麼事？」他攬著我的肩膀走到一旁的廁所。

廁所外有人把風，氣氛有點詭異。一般學生看到這種場面，通常都會乖乖繞路去其他廁所，不會來自找麻煩。進到裡面，已經有幾位校園大哥在抽菸聊天。

「先等一下。」帶我來的大哥說。

過沒兩分鐘，前幾天和我發生衝突的學生穿著一身訂做挺直的淺白拉風卡其制服被帶進來。

隱隱約約覺得事情好像鬧大了，正想開口說這件事沒這麼嚴重。

「你在旁邊看就好，什麼話都不必講。」一位校園大哥阻止我說話，轉身面向那個下巴還抬得老高、全無懼意的小伙子。

「啪！」一聲巨響。

沒有預期中的訓話，直接開打。

理論上應該是大哥先有點誇張地跳起身來高舉右手，瞬間以沉重的力道飛快地向著那個學生還來不及反應的臉上猛擊一個巴掌。可是事情實在發生得太快，聲音又太過響亮，以致感覺上居然好像是先發出了聲響。聲響的音速快過了視覺的光速。

突如其來的大巴掌，打得那個學生立刻跌倒翻滾，癱坐在兩公尺之外小便池旁的磨石子地板上。臉上的江湖氣息瞬間消失，換成了有點孩子氣、鼻頭泛紅的悲哭相貌，旋而哽咽啜泣。一身帥氣的訂製染白卡其制服依舊，但穿衣人現在卻只能一手撐著滿是微黃小便的地板，另一手摀著紅腫臉龐卻摀不住鼻血竄出、嘴角滲血，臉上更有兩行眼淚順著臉龐筆直流了下來。

「媽的，流血了。」打人的伸出手腕一看，發現因為太用力，居然連自己的手腕也被金屬錶帶劃傷，割出一條見血的紅線。

「你大哥是誰？」幾個人走上前去又是一陣亂踢，才有人正正經經問話。似乎在此之前，他只是沒權發言只能等著挨打的肉靶。

他哭哭啼啼地說了一個名字，幾個人哥眉頭一皺，似乎有點來頭，交頭接耳一陣，指定其中一個人去談判。

經過這件事之後才知道，不管你認識多少大哥，都可能沒頭沒腦先被人痛打一頓。

因爲高明的打人專家也會講究戰術，先問清楚對方是什麼來頭再打就等於公然挑釁對方靠山，如果先打了再問就可以因爲「不知者無罪」而在滿足打人慾望的同時減少擴大衝突的風險。

但是衝突惡化的風險一定能控制嗎？連國家與國家之間都難以處理好的事，拿來要求校園兄弟或社會幫派眞是太過強求。

年少氣盛的我喜歡打架，因爲很能打架，幹架必勝，但是卻不喜歡幾個打一個的以強凌弱，也不喜歡太過暴力，打人如此，被打更如此。後來他們相約一起去打人，只好婉拒。

還好婉拒，聽說這次考量到對方相當高大勇猛，所以動用了許多木棍，還打斷了其中一根。

萬一是自己遇到對方尋仇怎麼辦？

「跑，拼命跑，落跑總比沒命好。萬一跑不掉，盯緊其中一個狠打，不要管其他人，因爲東打一拳、西踢一腳沒有用，不如全豁出去單打一個，打到他殘，打到其他人害怕爲止。」這是前輩的忠告。

儘管不喜歡，有時候麻煩還是會自己登門拜訪。小衝突就不說了，幾個拳頭外加威嚇兩聲就解決的事情多得很，就算一對一的單挑也都是小意思而已，通常不到十分鐘就能搞定，但大規模衝突就不一樣了。

幾次衝突最後都是在有驚無險中圓滿收場。這種拼鬥眞要對上了，一旦鬧出事情來，年輕人爲了輸人不輸陣的面子問題，免不了冤冤相報，結果難料。可以想見的是，爲了安全自保，只好與校園大哥甚至校外幫派越走越近，以便壯大聲勢。許多國際聯盟玩的不也是這套把戲？

失之毫釐，差以千里，好學生與壞學生之間的不同究竟有多大？或許只在一線之間。許多升學不順者或中輟生，本身未必不聰明，只是一步踏錯，一路錯下去而已。從打架、糾眾報復，到拉幫結派，不過就是跨一步的距離，但是只要眞跨了出去，很容易就會步上「歹子」之路。

10 打架 是從幼稚園學來的

從銘德新村走出中港路，向左走到將近路的盡頭，在右側有一所相當特別的幼稚園，佔地寬廣，園舍高聳。相較於幼稚園常用的通俗名稱，例如育幼恩愛智慧之屬，這所幼稚園取名「五守」。

「五隻手幼稚園，哈哈哈！」很多小朋友聽到都會大笑。

還有小朋友嘲笑說這是沒手的人念的「無手」幼稚園，怎麼說也說不清。

所謂五守，指的是守信、守義、守分、守法、守時。這些連成人都不一定能體會，小小幼兒焉能知道？

不但名稱別致，全名還是「總統府五守幼稚園」。

總統府？怎麼一所位於新莊的小幼稚園，竟會與總統府有關？難道是哪一位偉大總統念過的嗎？還是這竟然是總統直接下令開辦的嗎？

當然不是。

原來幼稚園所在地叫「五守新村」，確實與總統府有關，它是早年總統府爲了安頓公務員而興建。由於托兒之需，新村成立了幼稚園，開放鄰近幼童來念。

幼稚園生活帶給我不少新奇體驗，例如有些小朋友很愛哭，會在上課上到一半時吵著要找媽媽，也有小朋友會忽然嚎啕大哭，因爲尿了褲子。

下課時許多小朋友爭搶有限的遊樂設施也很有趣，這種經驗過去眞不曾在地大人少的荒野歷險中遭遇過。

因爲如此，我意外領略了打架的妙用。

通常小朋友一下課就會爭先恐後地衝到操場，先搶先贏。前幾名可以搶到大象造型的混凝土溜滑梯，次幾名搶到盪鞦韆或是翹翹板，再晚來的剩下品字型的鐵格子，只能學老鼠與猴子鑽來鑽去、爬上爬下，最晚來的沒得玩，只能去逛逛空曠的升旗台或是到更邊邊去參觀孔子的石像。

幼稚園是我第一次看到孔子石像的地方，大小與眞人一樣，小朋友瞎說那是孔子死

了以後，被人家用水泥封在那裡。不知道大人看石像是什麼感覺，小孩子只覺得死後還要罰站眞是辛苦可憐。

幼稚園鈴聲一響，機靈的大、中、小班的小朋友就立刻衝向露天的遊樂場，彼此爭先恐後。

「讓開！」一個大胖小子走過來，凶巴巴的要搶遊樂設施。

這傢伙常常下了課卻姍姍來遲，然後擺出惡狠狠的兇樣驅趕他人，只爲了搶奪有限的遊樂設施。正在玩著溜滑梯或翹翹板的小朋友看到這個出了名的惡霸，多半乖乖息事寧人，吃虧讓步了事。

我小時也胖，跑得不快，通常只搶得到鐵格子，與大胖小子的目標井水不犯河水，沒什麼相干。

「你下來。」這一天，大胖小子忽然對鐵格子產生興趣，指著我下命令。

「可是是我先來的。」

「那又怎樣？」大胖小子不高興地走上前來，對著矮他半個頭的小胖小子用力推了一下。

我被推得倒退了一步，立刻撲上前反推回去，兩個胖小子立刻拉扯起來。推推拉拉之中，大胖小子被小胖小子伸腳一勾，摔倒在地，一身衣服都沾了土。

正擔心大胖小子起來以後會更生氣，沒想到他「嗚哇！」一聲，摀著臉跑開了。

「他怎麼哭了？」腦中冒出一個問號，傻傻地還不知道這場架已經打完了。

這是我第一次領略到打架是怎麼一回事，而且在莫名其妙的一陣混亂之中居然還打贏了。

看到觀戰小朋友望向我的眼神多了三分敬畏，這才發現自己經此一戰，已經取代了大胖小子在幼稚園裡的地位。

這個經驗於是教了我：打架是有用的，而且在拉拉扯扯之間，出奇不意地伸腳去勾的效果頗佳，雖然沒有電影裡黃飛鴻的「佛山無影腳」那麼厲害，勉強也算一招絕技，從此開啓了我動手欺負同學並且被老師處罰的歲月。

電視「探索頻道」的節目曾經介紹在群居的猴子中，必會產生一隻最會打架的公猴王，統領族群，等到年老力衰才會被新的猴王挑戰與取代。同理，我打退了幼稚園的老猴王，榮登新猴王的寶座，還好不必等到年老力衰又被取代，已經從幼稚園畢業，比起遭淘汰的眞猴王幸運。媽媽常罵家中小孩是「猴齊天」，確實有道理。

在李小龍一系列武打電影的影響下，很多小孩都是從小就想學武功，就算不能打退日本人，擺擺架勢也好。只是學武要花一大筆錢，因此苦無機會。

國小四年級時，學校成立柔道社，不收學費，很多人立刻加入，後來進軍演藝圈的吳奇隆也是其中之一。吳奇隆從小就很受女生歡迎，當時他也已經顯露出對於表演的喜愛，常常模仿各種電影劇情，還會示範高難度的後空翻絕招，後來變成小虎隊中的霹靂

虎，果然還是繼續表演這一招。從國小到國中，我們一起練了五、六年的柔道。

柔道社的簡萬福老師精通武術，柔道只是其中之一，據說他還會輕功，好幾位柔道社的成員堅稱，曾經親眼看過簡老師在道場輕輕彎個腿，一起身就像飛似的跳過了三塊榻榻米長的距離。多年後就讀高中時，我曾經登門拜師想學輕功，可惜機緣不足，只獲傳了太祖長拳和鐵沙掌。

我在柔道社學了不少技巧，學校舉辦第一屆柔道比賽，出馬一試，拿下全校第一名。

這是我生平第一張獎狀，第一次拿第一。

物以稀爲貴，這張獎狀因此意義非凡，如果像班長家的獎狀多得貼滿整片牆，幾乎等於壁紙，大概多一張或少一張就沒什麼差別了。

國小的蕭班長眞是好人，我上學前經常先打電話向他詢問今天要帶什麼功課，有沒有要檢查手帕、衛生紙，他從沒嫌過煩。不過常常他才提醒過，我卻掛了電話轉個頭就忘了。衛生紙還可以臨時向記得帶的乖同學賒一張，手帕就不行了。不過這問題最後終於想出一個解決方法——脫去腳下的白襪子，把開口與腳指尖破洞的部分向內翻折，再對折一次折好，冒充成一條小手帕，果然順利過關。

練了柔道，打起架來更加順利。除了幼稚園就會的那招勾腳技巧運用起來更加純熟，過肩摔尤其厲害。不過在學校的水泥地板上過肩摔，眞摔下去不死也半條命，可不是開玩笑的。高空摔人的過肩摔不能亂用，半空摔人高度可任意調整的浮腰技巧就比較常用。

有一次一個同學被我摟腰懸空一摔，哭著跑去跟老師說他吐血了，還眞的從嘴中吐了一點血出來。老師嚇了一跳，立刻找兩位男同學護送他去醫護室，忙完才來修理惹禍的傢伙。

兩個男生回來斷言說：「什麼吐血？根本只是牙齦流血！」

當晚他爸媽親自出馬，滿臉兇狠的衝到小雜貨店裡興師問罪。

爸爸待人處世一向先反求諸己，雖然不要求小孩念書成績，但是常常教小孩不要學壞，遇到小孩吵架的糾紛，從不像其他父母會盲目護短，總是先把自家小孩罵一頓，這次當然也道了歉。

媽媽私下勸誡說：「那個爸爸又高又壯像是流氓，你要欺負人家兒子，也要先注意自己安全哪，萬一路上遇到他來找麻煩要趕快落跑。」

不管眞吐血或假吐血，這次事件眞夠嚇人，因爲我雖然喜歡打架，但是只是喜歡在競賽中贏取勝利的感覺，不想傷人。好幾次與年紀比較大的鄰居大男生扭打在一起，都是把對方壓倒以後反而就不敢起來，僵在那裡，因爲擔心對方會因丟臉而抓狂發狠，眞不知道接下來該怎麼辦。

一直到上了國中，我還繼續參加柔道隊的訓練。一個小時練下來，每件柔道衣都可以扭出足足大半桶的汗水，這種運動流汗的感覺相當好。

我曾經思考藉由勤練柔道來爭取體育保送，後來發現機會不多，而且保送進了五專以後還是要繼續念書，而非光練柔道就有學位。問題是，既然把時間花在練柔道上了，學業一定難以兼顧，升學後的書又怎麼念得好？既然如此，還不如現在就好好念書，別搞什麼體育保送。除此之外，如果靠著柔道專長，進入社會以後能找到什麼工作呢？體壇前輩們的故事似乎都不樂觀。

爲了擔心日後的出路，終究沒在運動這條路上學得一身本領，只練了半身唬人的武藝，但是打起架來已經無往不利。

11 從吃錢國小 到偷錢國小

新莊地區最早只有新莊國小，後來外地來的人越來越多，又成立了一所中港國小。很多家長堅信老學校的老師比較會教，新學校的老師則是菜鳥，因此被劃到中港國小學區的家長們，總是千方百計想把小孩戶籍寄放在新莊國小學區內的朋友家裡，以便偷換學區。不知道這樣算不算是父母以身作則的作弊示範？

其實新學校老師未必不好，爸爸覺得念書關鍵在於小孩自己用不用功，因此不去搞什麼換校區的這一套。

在中港國小念三年級的某一天，學校忽然宣布從各個班級分出若干人，然後立刻來個行軍總動員。

「我們要去哪裡呀？」有人問。

「我也不知道。好像是郊遊吧。」有人回答。

「可是人家沒帶點心呢。」通常郊遊一定要吃點心，這是重點，也是公式。

「那可能就不是郊遊吧。」這是大家根據有沒有點心來推論的結果。

在猜謎瞎掰中，人群像是放牛趕羊一般，走走停停，過了大半個小時，上千名揹著書包的學生終於被領到了新柵欄，喔不，新學校。當時可能沒有幾個學生清楚知道，那是最後一天在舊學校上課，因此竟來不及向同學話別。

新的學校叫「思賢國小」，當然是後來才知道。

由於人口成長太快，新成立的中港國小已不敷使用，因此又成立了思賢國小，甚至來不及等到學校完工就要開始使用。據說擔任里長的老爸曾經積極爭取，因此新學校興造時雖然不是位在思賢里，還是以思賢來命名。

抵達之時，只看到在一大片廣闊荒蕪的芒草與荷葉之中，孤單而突兀地豎著一排四層樓的新建築。新得很，穿堂的地上還零散地擺著磁磚與油漆桶，但不必等到完工，一

看就知道穿堂是通往教室，全台灣所有教室大樓都長同一個樣子。不同的是這所學校沒有操場，沒有圍牆，沒有大門，因此也沒有招牌告訴這些遠來的小行軍們到了什麼學校。

按照前述學校好壞的邏輯來看，新莊比中港好，中港又比思賢好。小孩子瞎掰說，學校爛不爛從名字就看得出來，因爲「中港」二字的閩南語發音不雅，而「思賢」聽起來像「吃錢」，後來又蓋一所頭前國小，諧音成了偷錢國小。

從硬體設施來看，思賢國小確實不好，別說剛來時沒看到大門了，其實這學校連出入的道路都沒有。眾人在草叢裡踏著黃土小徑來報到，成爲第一批學生。不久發現，老學校只分來了一到四年級，三年級的我成爲第二屆畢業生。

在新學校那一頭是加緊趕工蓋教室的兵荒馬亂，這一頭則有學童們每天踏草尋校。不料幾天之後，這僅有的黃土小徑竟在一場詩情畫意的小雨中消失得無影無蹤。教室彷彿成了孤堡，靠著漫漫泥漿圍繞保護。每個來上學的孩童依然奮勇而進，因此拖行得兩腿鞋襪盡皆土黃，還有人失足滑了一身泥濘，更像戰爭電影中的場景。不遠處有一朵朵出污泥而不染的荷花盛放，似乎正嘲笑著所謂的萬物之靈。

當天上午，全校三、四年級學生一起停了幾堂課，由老師帶領著去搬運附近工地的小磚頭、小石塊與小木板，層層疊在原本應該是黃土小徑的泥地上。小朋友自然難比渡海來台的先民，他們甚至不知道什麼是噶瑪蘭與吳沙；但一樣的不分男女，一樣的渾身汗水塵土，也一樣是「墾荒開路」。不同的是，小朋友造的路既簡單又淺短，因此沒有先民的艱辛，只有不必上課的新鮮與開心。

新路乍成，雖醜仍好，一群小小開墾者大感驕傲，眞想告訴每一個上學放學都要踏過去的一、二年級小鬼們這是誰的辛勞。

新路維持不了幾天，木板與石塊再度無影無蹤。

「怪了，路怎麼又不見了？」上學的學生驚呼。

「對呀，太奇怪了。」陸續來的學生紛紛稱奇。

剛開始還想不懂它們究竟跑到哪兒去了，難不成有人閒著無事跑來偷搬搗亂？幾次之後，謎底揭曉，原來是在不停踩踏與澤地包容下，條條大路沉地底，他們都緩緩的沉入了泥沼之中。儘管越往後所搬來的木石越龐大，甚至還有整片的施工模板，但仍然不免如同汪洋中的沉船。

隨著校園工程逐步推行，施工單位總算有空來修築正式道路，這才爲小學生的手工鋪路生涯畫下句點。如今的思賢國小，已是如同精緻花園般的美麗校園。

我在思賢國小除了幫忙鋪路之外，還負責多年的廁所清潔工作。

提起廁所，總會想起那椿烏龜的故事。

一個午後，正在廁所打掃兼玩耍，忽然間東、南、西、北都發出警笛聲，飛快集中到與學校只有一牆之隔的新公寓門口，吸引大家的好奇心，尤其是位置最近的廁所清潔隊。只見一群人擠在新公寓門口，看不出所以然。

儘管老師不談，說也奇怪，小朋友們很快就都知道了詳細的眞相。一段脫軌的婚外情，男方有意分手，女方爲了報復，趁男子不在跑到他家中，假藉要去看烏龜，想把兩個小孩騙到公寓地下室。兩個小孩隱約感到不對勁，在公寓鐵門外推拖再三就是不肯下去，女子拿出尖刀刺向他們頭部，十歲的姊姊奮力抵抗讓弟弟逃走，因此救了弟弟，自己卻賠上一命。

這個小姊姊的勇敢，讓人永遠敬佩。

在那件事之後，每當路過事發地點，都會忍不住低頭看看地上還有沒有殘留的血跡。這件事讓全校學生足足悶了好幾天，學校附近專賣小烏龜的攤販也受到波及，生意頓時清淡。

12 等不到電話的戀曲

根據生物學家研究，野生猴群中只有猴王才享有任意交配的權力。在幼稚園經過一次打架而榮登幼稚園猴工寶座的我，當然沒這種福氣。

不過在快畢業的時候，曾經發生過一段與猴王身分無關的校園愛情故事。

現在回想，早已不記得這段校園愛情故事到底是怎麼開始的，大概是兩個人住得近，才隔三條街；而幼稚園又離得遠，足足有兩公里，所以放學時走呀走就走到了一起。儘管誰都沒有刻意，但一路聊呀聊的，兩小無猜，平添了許多生活的樂趣。

放學的路途上總是充滿喜悅，這是這段校園愛情故事留下的無限回憶。

但快樂的時光總讓人覺得特別短暫，於是就在不知不覺間，驪歌悄然響起。畢業當天，典禮在鄰近的天主教恆毅中學舉行，早上十一點多就結束，雙方家長都沒有出席，兩人樂得可以一如往常般，快快樂樂一起回家，享受這最後一次的甜蜜之旅。

分手的時候，兩人都依依不捨，特別相約往後一定要保持聯繫，並且說好回家之後立刻就給對方打電話。

返家之後，顧不得吃飯，依約守候在電話旁。大半個小時過去，電話始終不曾響起。儘管依然充滿信心與耐心，家人看了之後免不了好奇的問：

「你在幹什麼？」

「等電話啊。」我理直氣壯的回答。

「等電話要把話筒放下，不然人家怎麼打得進來？」

「喔。」原來如此，怎不早說？恍然大悟的我趕緊把握了許久的話筒放下，繼續等待生命中的第一通電話。

又過了大半個小時，電話響過幾次，總是搶先應答，可惜都不是。除了老爸接電話時不敢造次，其他接電話的家人無一不在幼稚園剛畢業小鬼的大眼瞪小眼之下，不敢佔

線太久。

「怎麼還沒打來？」家人忍不住問。

「我也不知道。」

「咦，你有沒有給人家我們的電話號碼？」

「沒有啊，我們家電話號碼是幾號？」眞不知道。

「那你有沒有人家的電話號碼？」

打電話還要電話號碼？搖了搖頭。腦中忽然想到，那時候村子裡裝電話的人不多，連她家裡有沒有電話都不能確定。

明明知道不可能打來了，還是在電話旁邊又等了好一段時間才死心。

就這樣，初戀的校園愛情故事就在這起烏龍之約中莫名其妙結束。

或許怕刻意，自己沒去找她，她也沒來過小雜貨店。三條街的距離，變得遙不可及；或許緣已盡，因爲在往後的好長一段時間，兩人竟然不曾在小小的村子裡偶遇。再見面時已是多年以後，正値那段男生愛女生羞羞臉的時期，於是不管彼此心裡眞正想些什麼，表現出來的只剩下矯飾的陌生而已。

有人可能會說這只是小孩子鬧著玩的，不能算愛情。想一想，比起時下的速食愛情，好歹這段幼稚園愛情故事也算刻骨銘心。這當然是一段幼稚園戀曲，卻不是幼稚的愛情。誰說小孩子不懂愛情，其實是大人不懂愛情。

經此一役，小小年紀的我就已「曾經滄海難爲水」，上國小後在兩性關係上反而拘謹了許多。

國小上學第一天，整天忙著聽從老師命令尋找座位與放學路隊。座位倒也罷了，放學路隊還規定要男生、女生兩人一組手牽手。老師一說，有人先牽了，有幾個小鬼頭看到大聲鬼叫：「男生愛女生，羞羞臉。」

看到有人牽手，心裡想牽又不敢伸手去牽，現在有人起鬨更不敢牽，早知道就先牽了。

最後女生拿出手帕說：「哪，一人牽一邊。」

我還暗戀過一位班上女生，一年六班四十五號，家裡電話九八二五五二五。

不知怎麼得手，當時偷偷記下了人家的一些資料，居然從沒忘記。

「你國小一年級幾班？」

有人曾經問起，本來差點不記得了。一轉念忽然想起：對了，我和她同班，所以也是六班。

多年以後，曾經鼓起勇氣打了電話。理由很簡單，只是好奇的想知道這個人現在好不好。

「對不起，你所撥的電話號碼是空號，請查明後再撥。」

但號碼已成空號。

一旦空號就會一直空號，不管幾次都是空號，直到其他人申請了新電話，接收了這號碼，然後告訴你：「打錯了，沒有這個人。」

13 國小學童的 情色體驗

在國小裡算不上好學生，到了校外的生活更不會是乖小孩。

「你要不要看？」一天下午，鄰居一個大男生神秘兮兮地從前面跑過去，手中還握著一本捲成圓柱狀的雜誌，順便丟下這麼一句。

「看什麼？」

「好東西，光溜溜的照片喔。」他賊笑嘻嘻地說。

「不，不要。」心裡想這不是國小二年級學生應該看的東西。

雖然說不要，對性的好奇卻持續了幾天，忍不住跑去想向他借來一看。

「早就還了。」他兩手一攤瀟灑自在地說。

「還了？還給誰了？」連問的口氣都焦急了起來。

「租書店呀。」

第二次他又出現，沒再拒絕。

租
一本
兩元
playboy

第一次看眞是大開眼界，幾乎不記得怎麼眨眼，翻書時還會輕輕發抖。

不過看過一次之後，對後來再借的幾本就沒了太大興趣。其實內容不分國籍、膚色、姿勢，幾乎千篇一律，有什麼好看？

這些書不隨便出借，都是放在租書店老闆桌子底下的秘密寶庫，平常不會輕易拿出來，要老闆看到「可造之材」，才會從寶庫裡拿出「小本的」，主動問：「這些你有興趣嗎？」

唉，這種老闆眞是沒有天良喔，居然拿成人刊物給小孩子看，也不怕老天爺生氣。猜想即使是租書少年也會打從心底深深嘆息，然後高高興興帶著戰利品凱旋歸去。

租書少年通常利用放學時去租借，上學時帶出門以便歸還，萬一遇到租書店沒那麼早開門，只好一路帶到學校。學校老師一定很難想像：國小學生的書包裡居然裝了好幾本成人刊物。

成人小說大概是我最早閱讀的小說，說出來實在不甚光彩。從小先看漫畫，接著看各國童話故事，再來就是成人小說。行有餘力，才翻翻古龍小說。

在許多人的心目中，當今最紅的武俠作品可能是金庸小說，不過小孩子卻比較喜歡古龍作品，原因很簡單：古龍小說幾乎每一段都只有短短一行，閱讀起來很方便。更何況，這點特色與成人小說頗像。後來才知道，原來古龍這種獨特的寫作風格，源自於以段計酬的稿費制度。出版社與古龍大概沒想到，這竟意外地吸引了小孩子來閱讀。拜武

俠小說之賜，很早就接觸章回小說，第一本看的是《封神榜》，小學快畢業時又沉迷於《三國演義》。

彷彿是事先規定好了一般，會去租成人書刊來看的兒童與少年，幾乎都有一點不良少年的江湖味道，當然，還有少數是算不上少年的不良兒童。無論如何，在那裡你絕不會遇到總是頂著模範頭銜的學校好學生。

有些不良少年看到成人書刊中有「觸動心弦」的精采佳作時，還會動手把那一頁撕下來當成私人庫存，以便隨時「溫故知新」。

看過成人書刊，繼而晉級成人影片。

國小三年級時，第一次去看了成人影片，而且還是大螢幕，在電影院裡。

一個星期三的下午，陽光挺好，但是照不亮鄰居大男生臉上那陣賊賊的笑。

他們多數就讀國小高年級，平常上全天課，星期三下午沒課，剛吃了飯就笑嘻嘻地跑來相招：「走，來去走走。」

一群人沿著中港路往前走，到了盡頭，跨過台灣每個城市都會有的中正路，進到了一條小巷子裡，小巷子的尾端是有名的新莊路，路旁有一座大廟。

這座廟也有一個傳奇故事，與廟本身無關，是我親身經歷。

有一年除夕十點多，還在念國小的我曾經在廟門口，遇到了傳說中的賭神。

其實那是一個還沒有賭神的年代，電影只有賭王或千王，總是由王冠雄與柯俊雄扮演，周潤發還沒蹤影。電影裡看似出神入化的剪接技巧，迷倒許多小孩。

爲了一窺賭技的神秘殿堂，當年的我曾經相信報紙上面那些騙死人不償命的廣告，劃撥花了一百多元買了一些據說可以訓練出賭神的秘密武器，結果只收到一疊串了細線的五十二張撲克牌，供君表現只能欺騙三歲幼童的耍寶特技。

上過這種當的人，當然不會再相信眞實世界裡會有電影上的賭技。

偏偏在一個過年時節，情況有了改變。那時每逢過年，到處都是臨時冒出來有如雨後春筍般的路邊賭攤，在廟前有許多臨時擺上的路邊小骰子攤，其中一攤有位一臉流氓相貌的莊家，他把搖得筐啷筐啷響的骰鐘往摺疊式小木桌上猛力一碰，威震天下大聲叫著：「下、下、下、下、下、下，下好離手！」

賭徒紛紛拋錢下注，猜測三個骰子到底搖出什麼數字。一些愛看熱鬧的小鬼，有時也會拿出鈔票押寶。我剛領了壓歲錢，捏住十元紙鈔，遲遲不敢下注。

莊家正要伸手去揭開骰鐘，在我背後傳來一個細微的聲音：「三個二。」

怎麼可能？亂猜！何況還是高賠率的三骰同點。眞能猜到的話，你不會自己下注呀？我心裡想，才不會傻傻地上當呢。

骰鐘一開，答案揭曉。

如果是演電影，畫面應該要慢慢拉近，因爲眼前貨眞價實、童叟無欺，三個骰字乖乖躺著，告訴你答案就是「三個二」。

「太神了！」心中無比驚訝。如果是現在的小孩，多半會想到的是「賭神」。回頭一瞧，一個五十或六十歲不高不矮有點瘦巴巴的男子以內斂而心照不宣的微笑表情對我微微一笑，然後轉身慢慢走開，走向黑暗之中。

該去拜師嗎？這似乎是難得有的機會，電影中的主角都是遇到這種機緣才能成功的。

可是訓練賭技的過程無比辛苦，而且會不會從此就回不了家，連帶也必須放棄才念到國小的學業呢？

還在猶豫，男子消瘦的身影已經在黑幕中被人群淹沒，再也看不見。

事後說起，很多愛看賭王與千王電影的人都不相信，笑說這是夢中的遭遇。後來港劇走紅，「賭神」一詞家喻戶曉。很多台灣的忠實觀眾會邊看邊說那只是戲，這時我總不免想起在那年除夕，我親身經歷的賭神傳奇。

就是在這個遇見賭神的老廟旁邊，有一間戲院，成功戲院，那是早年新莊地區有名的幾家戲院之一。成功戲院雖曾風光一時，但早已走入歷史，對六、七年級生來說是個不存在的名詞。

當天，那個陽光明亮暖洋洋的星期三下午，趁著收票員因電影早就開始放映的一個不注意，跟著大家一起鑽進了沁涼冰冷的成功戲院中，被吞噬到巨大的烏漆抹黑裡。

原來是來看電影，幹嘛神秘兮兮？心裡想。喔，可能是因爲要偷偷進來吧。

早已經不記得演了什麼，反正不是賭王電影，演完之後出現一些亂七八糟的剪輯片段。

「演完了，怎麼大家還不走？」低聲詢問身邊鄰座。

「嘻嘻，看就知道了。」

一個外國女人忽然光溜溜地出現在螢幕，開始妖精打架，整個戲院頓時瀰漫著野性而原始的呼喚。

一幕幕特寫，透過超大螢幕呈現，聲勢驚人。

雖然常常「不小心」在電影放映完後播放剪輯片段，成功戲院的經營最後還是無法成功，只能黯然走入歷史。

14 歡迎加入 放牛班的行列

「放假的功課要按時寫，不要開學前才湊在一天裡寫完，老師會檢查，一看就看得出來。」

國小每次放寒、暑假等長假之前，老師都會這麼叮嚀。

作業趕在一天寫完，老師怎麼看得出來？嗯，一定是有一種機器，可以顯示出每份作業的完成時間。

唉，會有這種想法，大概是看了太多《小叮噹》漫畫的後遺症，誤以爲人類科技眞的有這麼進步。直到二十多年以後，《小叮噹》都已經恢復本名改叫《多啦A夢》了，這部幻想中的「寫作業時間顯示機」都還沒人研發成功。

老老實實寫了幾年寒、暑假作業，最冤枉的是國小畢業那年的暑假作業，寫完進了國中才發現，小學老師才不會檢查已畢業學生的作業，國中老師則不管你小學規定了什麼作業。

國小畢業後，依照學區進入了新泰國中，這也是一所新學校，名稱兼有新莊與泰山，可知學生有不少來自泰山，甚至還有人是遠自五股與林口而來。按照某些老人家的邏輯，總是老字號的新莊國中比較好，因爲資深的老師一定比較好，於是我念的又是比較不好的學校。

沒上國中以前，就常聽到「實驗班」與「放牛班」的大名。

實驗班學生哪，一定是每天都做實驗。畫面應該如下：穿著一身白袍，左手握住試管、右手端著燒杯，面前是一大堆的精密儀器與化學藥劑，成績優秀的以後還有機會當博士，對了，就像是卡通影片《無敵鐵金剛》裡面的壞蛋科學家「赫爾博士」一般。

那麼放牛班呢？應該是教學生怎麼放牛種田吧。眞的說起來，如果沒有當博士的能耐，安穩種田也不錯，可以吹著笛子悠然生活於綠色田野。

後來發現，實驗班學生根本就是被實驗的對象。至於放牛班，當然也不是眞的教人放牛，而是把學生當成被隨意放養的牛。有時候放牛班學生還比較有實踐精神，常常使勁把木椅從教室裡摔到走廊，甚至一口氣從四樓往下丟，顯然是有心實驗椅子的堅固程度。

從小調皮又愛打架的結果，讓我在其他一起玩的小朋友心目中早已確立了未來的形象。

那是意外走進一場風暴的發現。

有一天到鄰居一個小朋友家裡玩，遇到他與姊姊正在吵架，兩人不惜當著我這個小小訪客的面前互揭瘡疤。

「我們走，別理這個瘋女人，她覺得你念的思賢國小很爛。」鄰居弟弟說。

「你最虛僞，表面上跟人家好，背後卻說人家長大以後一定會去當流氓。」鄰居姊姊立刻反擊。

鄰居弟弟一臉尷尬，無以自圓其說。

其實我只覺得好笑而已。

長大以後到底要做什麼呢？雖然還沒確定，但是曾想過開雜貨店或擺麵攤，至於當流氓？應該不在我的志願裡。

當不當流氓可以自己決定，進不進放牛班卻是由別人決定。我沒想過要進實驗班，覺得壓力太大，但沒想過進不進放牛班的問題。

愛打架的我其實很喜歡看書，但常看的不是課本，而是課外讀物，尤其是漫畫與小說，考試不太準備，成績起起伏伏，國小曾經排到班上的二、三十名，也曾經考進前十名。

記得進小學不久，遇過一件新鮮事：有一天老師們忽然都不上課了，還與大家玩起有趣的填字猜謎遊戲，過了幾天猜謎結果發回來，上面還打了分數，這才知道遊戲的名稱叫「月考」。

其實考試本該平常心、測實力。可惜大家只注重成績，於是年級越高，越喜歡考前抱佛腳、刻桌角，還不如一個一年級的小學生。

我不愛課本，因為好看的課本不多見，遠不如漫畫。上課如果改看漫畫豈不更能鼓勵大家念書？

我最早看的漫畫是鄰居大哥買的《漫畫大王》，一本雜誌型的漫畫，前面幾頁一向畫恐龍，沒有故事情節，但恐龍本身就是故事，何必情節？童年最早的快樂回憶之一，就是每星期的出刊日，早早就等在鄰居門口。

《漫畫大王》比《四郎與真平》或《大嬸婆》好看多了，那時不知漫畫大王的內容多數是日本漫畫，四郎、眞平、大嬸婆才是本土作品。《大嬸婆》系列中只有《機器人遊台灣》讓我比較喜愛。

一本漫畫雜誌就能帶來充足的快樂，因此不難想像遇到滿滿一屋子都是漫畫時的巨大快樂。

一個陽光明媚的下午，我在閒逛大街小巷時鑽入一個很不起眼的巷子裡，發現了原來人間也有天堂，一個堆滿了漫畫書的開架式圖書館。

天底下怎麼會有這麼好的地方？如果漫畫書構成了一片汪洋大海，陣陣浪花是一頁頁的分格圖畫，我願意愉快地溺斃其中。不過溺斃之前，小腦袋中最後仍浮出了一個像漫畫中的對白框框，寫著這麼一句字體超大的：「感謝！」

令人遺憾的是，在書海中自甘溺水才過了兩本漫畫的時間，「救生員」就來了。

「喂，現在這本付錢了嗎？」從書架中抽出第三本漫畫，正想坐下來好好享受的時候，「圖書館管理員」走過來詢問。

「啥？啊？」心裡一陣驚慌，原來在這裡看漫畫要付錢。

不用摸口袋都知道沒錢，左邊一個是破了洞的，右邊一個除了小彈珠以外什麼都沒有，只好哀鳴：「嗚啦。」

在擔心眞相會被拆穿的忐忑不安中，根本不記得第三本漫畫是什麼內容，只知道天堂美夢忽然變成了沒帶錢小孩的惡夢。雖然假裝低頭看書，其實卻偷偷觀察周圍，原來眞的每一個坐著看書的人都要先付錢。在匆匆逃出的時候，才注意到大門上掛了一個「漫畫出租」的小木板。

儘管出師不利，漫畫書的神秘吸引力還是戰勝了這次教訓。從此以後，只要路過漫畫書店，就像又發現了人間天堂、世外桃源，一定要進去逛一逛。

或許是受惠於對漫畫書的喜愛，愛屋及烏，連帶地對其他的書籍也都有了奇妙的好感。只要一書在手，小小孩童也能在大千世界中遨遊。讓小孩愛看書，或許是漫畫書的一大貢獻。

對漫畫愛好者來講，在學校還沒改用漫畫上課之前，付出的代價很大。

國中一年級上學期快結束時，學校偷偷開始進行分班作業。成績好的學生被編入「實驗班」，也就是資優班，成績不好的就留在「放牛班」。下學期一開學，有人注意到每班減少了幾個人，都是前幾名的資優生。

「咦，他們人呢？一起轉學了嗎？這麼巧？」

「是呀，轉學了，不過不是轉到別的學校，而是轉到了實驗班。」

聽到旁人這麼說起，大家才恍然大悟：原來我們這些留在教室裡的都是放牛班的儲備軍，如果用鄉土一點的說法來稱呼，我們可望入選爲「牧童」。

當時的升學率，即使實驗班也不一定鐵上公立高中，牧童儲備軍更不用想。只是國一學生不懂這些，沒機會說一聲：「親愛的公立高中，再見。」

15 改變 從一個微笑開始

「你明天開始去這個班上課。」

五個實驗班組裝完成後過了幾天，來自馬來西亞的年輕女導師忽然說。

調班了，但卻不知道要轉去什麼班。離去在即，實在有點捨不得原本班上的一些同學們，尤其有些誤會再也沒機會自然化解。

「哇，誰的書法這麼優？老師居然用紅筆給了兩層的圈！」上學期最後幾天老師發回各科作業，我高舉著一本書法作業本在教室裡誇張大叫，吸引了一半同學注意。

「還給我，幹嘛看人家的書法？」女學藝大叫一聲，衝過來伸手就搶。

這一吼連另一半的同學也注意到這裡即將有場好戲，紛紛看向這裡，想看看一向巾幗不讓鬚眉的女學藝會怎麼施威。

我愣在當場，不知道接下來該怎麼辦。

不是因爲被嚇到，而是因爲我拿的是自己的書法作業。

「我，我看的是自己的書法耶。」知道事情不妙，輕聲低語。

女學藝當場粉臉窘紅，淚珠盈眶，轉身就走。

本來想自誇，意外惹出誤會，搞出一場無心的惡作劇。儘管是無心之過，心裡仍過意不去，寒假還想著等開學後可以慢慢化解誤會，如今遠走他班，不再有那機會。

新班級是一個前所未聞、前所未有的怪班。

學校特別從實驗班挑剩的幾千個牧童儲備軍裡，又揀出了五十幾個成績還過得去的學生，湊一湊成爲一個要加強輔導的雜牌軍。

這個怪班號稱「加強班」。

怪班的成立有些玄機，隨著同學越來越熟，大家陸續發現班上同學眞是臥虎藏龍。不對，正確的說法應該是學生家長臥虎藏龍，很多家長都有點小來頭。

最早被「破獲」的是那邊那個，在班上一向低調、滿臉老實的男同學，他爸爸是這所學校的訓導主任。

後來又「破獲」了中間的這個，在班上彷彿是正義化身、講話特別大聲的女同學，她爸爸是市公所的高層主管，據說位居市長一人之下，眾人之上。

最有分量也是最晚才被「破獲」的則是這邊這個，交遊廣闊、成天笑臉的男同學，有個擔任民意代表的媽媽，不久之後爸爸又選上鄉長。

咦，會不會里長也算？儘管不是學校所在地的里長？

這個加強班在實驗班組成之後才忽然冒出來，不知道和學生家長有點來頭有沒有關係？唯一可以知道的是，加強班學生的成績後來果然加強不少。

國一下的功課眞是惡夢，抽象的數學方程式聽起來比任何催眠曲都還有效，讓人昏昏欲睡。一大堆等著化解的高次方程式，簡直就是外星人話！每個星期的前三天，我總是告訴自己，星期三就快到了，再忍一忍就好。

到了星期三又怎樣？不怎樣，照樣全天上課，只是能改口告訴自己：這星期已過了一半，剩三天就可以放假，不必再上課。沒錯，這是自欺。還好有星期三可供自欺，不然怎麼度過漫漫的五天長課？

「你怎麼數學只考二十九分？以前看你還不錯呀。」數學老師口氣和緩，面容含笑，但一臉莊嚴，宛如法官審案。

唉，妳問我，我問誰？上學期也覺得妳上的數學課還滿有趣的說，怎麼知道後來忽然就說起了外星人話？但這些話不便說出口，只能無言以對。

由於成績不好，月考多科不及格，一度擔心會因此被學校留級，卻忘了在五個實驗班與一個加強班之外，同年級還有一長串班級，眞要留級談何容易？又豈會排到自己？

數學慘不忍睹，國文卻出現了有趣的發展。

新老師還沒正式上任，同學已經盛傳這位袁老師在學校是出了名的嚴厲。在眾人的忐忑不安中，她踩著輕快步伐走進教室，先點名認識大家。

「你哥是不是也念我們學校？」點到我名字時袁老師帶著微笑問。

原來小哥被她教過。

回家一問，連小哥也說她很嚴厲。不過我卻始終覺得她很好，因爲第一堂課她給了一個宛如春風吹醒大地的微笑。後來才知道，老師剛產下雙胞胎，滿心喜悅。

因爲不想讓這個微笑的嬌顏變成失望的容顏，我多花一點時間去看國文，看多了自然就覺得國文很美妙。

說起我的國文，本來很不好，簡直是爛，作文尤其糟糕，國小每逢作文課，不管老師出的是什麼題目，寫的內容都差不多。

「今天早上我七點就起床了，發現天空沒有下雨，有太陽，又是一個晴天。我吃了豆漿與蛋餅當早餐，然後走路出門上學，看到路上開了很多花，還有蝴蝶在飛，讓我想起來春天已經來了。春天來了，大家要好好把握時光，因爲古人曾經說過，一年之計在於春。」這是針對「春天」題目所寫的作文。

如果題目是「郊遊」，作文內容大致一樣，不過後面還會多加這麼一句：「在春天郊遊很快樂，但是我們千萬不能忘記大陸的苦難同胞。」這是當年作文必備的基本結語。

即使光寫這些，都是嘔心瀝血、費盡心思，一堂作文課下來，本來大大的一個腦袋總像是已經用完的乾癟牙膏管。儘管這樣，也才只能擠出一百多個字，剛好跨過半頁作文稿紙。這種文章承蒙老師恩惠，常常用紅筆批示一個大大的六十三分或者六十五分。

及格就好，衷心感謝。

有一次國小作文課掙扎半天，仍寫不完一行字，忽然看到蕭班長把滿滿一頁已經寫

好的作文揉成一團正要丟掉。

「班長，這個你不要了嗎？」急急的問。

「對呀。」

「爲什麼？」

「因爲我想重寫。」

「那，那，這個能不能給我？」我指著紙團問。

「拿去吧。」班長一臉疑惑，但還是大方布施。

我把紙團攤平，歡歡喜喜照著抄，十分鐘不到，就完成了一篇創下個人紀錄最快寫完而且還是字數最多的作文。

這篇作文拿了七十幾分，也是個人最佳紀錄。

到了期末，碰巧看到班長的作文簿，發現班長那天雖然重寫，主要內容卻都一樣，而且比起我的抄本，後頭還有長長的好幾大段。搞了半天，抄的居然是人家前面半篇的不全作文而已。

老師多半是先改了我那篇有頭無尾作文，才給了七十幾分，後來雖然發現班長所寫的正版作文，不過已經懶得去翻找到底剛才是誰抄襲。

丟臉、慚愧、心虛、僥倖，萬般滋味擠上心頭，臉自己紅了，心中感謝老師沒有公然揭發讓人出糗。

這種作文程度的國小學生，到了國中自然也好不到哪裡去，看到文言文更是大感頭痛。童幼之時，姊姊秋月曾經嚴格要求小哥與我背誦「四書」中的《大學》，在木柄梳子的伺候之下，著實背下了一大段，至今不忘，可是當年全然不解其義，後來也沒有繼續下去，難有成效。儘管如此，那時開始，心中就一直好奇為什麼古人講話不好好講，總要咬文嚼字、之乎者也，留下這麼多文章來凌虐後代學子？大家都講白話文不是很好嗎？最好連老外也講中文的白話文、放棄各國外文，這樣一定更好，大家都不要再背英文單字，從此世界大同。

在漫長的求學生涯中，袁老師只教了我一個學期的國文，但是她在第一堂課的那個微笑，無意間拯救了一個學生的國文程度，而且在往後的日子裡，國文科的拉抬效果還會繼續發酵。

國文程度從國一下學期開始，因為多花時間念書，出現了明顯的進步。剛開始是考試成績進步，從七十、八十、跳到九十。從此以後，國文變成了最拿手的科目之一。

文言文讓很多人頭痛，我有一個很簡單的入門偏方：先看翻譯的白話文，當成故事看。坦白說，有些故事還挺有趣。看故事看多了之後，就算依然不太懂文言文，大概也可以「連連看」、「看文說故事」，猜個八、九不離十。久而久之，看文言文就如同看白話文。

各大名家所寫的課文看得多了，一點一點掌握了寫作的技巧與訣竅，文筆也提升不

少，慢慢的成為班上的作文好手。國中畢業隔年，寫了一個同學會的通知信函，有個國文成績也很好的同學拿到以後，一直以為是特意從什麼範本書上去抄來的，眞是賞臉。

那封通知函的開頭如下：

三一九（別誤會，指的是三年十九班，不是後來發生的總統選舉槍擊案）同窗諸好鈞鑒：韶光易逝，其過難再。自去歲新泰一別，不覺已然盈年爾。憶往昔諸兄姊同聚，其樂何如？而今各相別離，境同參商。遭遇不知，變故不明，得令人不有唏噓之感哉？有感若此，復以不忍見昔日之同窗，於明日成陌路，故願責一己之身軀，而勉力為群務。

國小作文東抄西抄、亂七八糟，國中畢業後卻可以寫一點唬騙外行人的假文言文，怎能不訝異於自己進步之速？又怎能不感嘆袁老師那一笑的恩澤之大？很多學生誤以為國文不重要，其實國文不但重要而且無比美妙，其中滋味，即使是受用多年的內行人也還在喜悅之中繼續領教。

雖然國文成績大有進步，在第一次列出的全校排名榜上，排名也只能擠到三百名左右。按照當時水準，要擠進全校前一百名，才有希望沾到公立高中的邊。三百名？哈，眞是想都不要想！

不過國文進步總算是一個好的開始，發揮了拉抬作用，從歷史、地理等社會科開始，其他功課陸續向國文看齊，成績逐漸有所改善。

尤其是歷史，越看越引人入勝！薄薄的歷史課本已經無法滿足我，當時就已沉迷於作家章君穀所寫的幾大厚冊的北洋軍閥《吳佩孚傳》與上海教父《杜月笙傳》等歷史小說。章君穀的作品本於史實，情節精采。杜月笙是眞正的上海灘大亨，他的故事被改編成很多電影，看過一比，覺得電影不如小說好。吳佩孚的一生更是不凡，看他如何從無名小兵逐步崛起，如何稱雄，如何兵敗，最後因不願意爲日本扶植的僞政權宣傳，在治療牙疾時被日軍安排的假牙醫以利刃在口中亂刺而不幸遇害，國民政府特別明令褒揚。雖然早被褒揚過，數十年後吳佩孚在中學課本中還是被白紙黑字稱爲「吳逆佩孚」。由此可以看出若干課本內容何其荒謬？在章君穀的小說之後，又念了《新編古春風樓瑣記》，內容有點文言，但難掩有趣。

提到歷史，由於我喜歡看各種歷史閒書，意外發現了一件有趣的事。國中歷史課本提到唐朝的高仙芝等將領帶兵與西方的大食帝國（阿拉伯前身）作戰獲得勝利，我在參考書中看到高仙芝本來打輸了，不敢回京，於是在當地募集軍隊，終於又打贏了。先敗後勝，堪稱典範。不過後來我又看到另一本書中提到高仙芝與大食作戰先勝後敗，情節恰恰相反。一個歷史怎麼會跑出兩種版本呢？這讓人大惑不解。經過多方考證，最後發現，原來高仙芝是先敗後勝，但是勝了之後過幾年卻又大敗，所以最後還是戰敗。

相較文史的大有起色，英文則是全線潰敗。英文諺語有云：「好的開始是成功的一半。」同理可推：「壞的開始是失敗的一半。」英文一破十年，後來靠著發憤圖強自救挽回。這是後話，暫且不表。

16 培養　只會背課本的小孩

國二開始，我沉迷在瓊瑤的小說世界裡，深陷其中。

每翻開一本小說，就宛如穿越時空，進入了一個充滿山盟海誓的浪漫夢幻，一頁頁翻下去，越到後來越感嘆書本太薄，瓊瑤作品太少。

愛情當前，課本當然被拋到一邊，略有進步的成績立刻直線下滑，上學期第一次月考全班第十二名、全校第一百六十七名，下學期第一次月考變成全班三十一名、全校兩百四十四名。

因爲晚上熬夜看小說，常常白天打瞌睡。女導師問我到底爲什麼精神不濟，只敢說是看小說，卻不好意思說是看瓊瑤小說。

「現在還是應該全心看書，不要浪費時間在其他事情上。」她好意勸告。

當時其他男同學多數還在看漫畫，少數則開始拜讀金庸與古龍等大師的武俠小說

時，像我這麼一個外貌彪悍的大男生，回到家卻徹夜躲在被窩中埋頭苦讀瓊瑤作品，說出去只怕會笑壞很多人。

我低調的讀、默默的念，一本接一本，花了差不多整整一個學期，才終於看完了將近四十本的瓊瑤作品，仍感意猶未盡。

大概是因爲白天看太多愛情小說了，夢中總會出現一些美女，以及五花八門的故事情節。

我在夢中非常害羞，不敢向美女搭訕講話，醒來之後常常感到無比後悔，於是睡前提醒自己：「等一下是作夢、是作夢，要勇敢些，可以爲所欲爲。」

沒多久眾多美女再度出現，夢中忽然想起：「對了，這是夢。」

一改害羞內向，大方走過去，準備好好享受夢中幸福。

「起來，快遲到了。」正想進一步發展，背後有人叫喚。

轉過頭一看，老媽怎麼來了？

腦中忽然明白：糟了，就在緊要關頭，我從美夢之中醒來了。更糟糕的是，這次功敗垂成之後，「夢中清醒計畫」再沒成功過。

夢是很奇妙的現象，似乎有預知作用，每次夢到有人推打，往往在現實世界中眞的有人正要這麼做，例如家人前來喚你起床。由此可見，如果不是眼睛閉著睡死了還能用皮膚或其他什麼器官感應到有人會來推你，就是夢境具有某種預知能力。不知道有沒有

用功
瓊瑤

人對研究這題目有興趣？

看完四十幾本瓊瑤小說，無以爲繼，又投入武俠小說的懷抱，進入了金庸的筆下世界，不亦樂乎。

瓊瑤使人日有所思、夜有所夢，金庸讓我目有所讀、手有所畫。

一天上課時，我拿了一本作業簿，隨意畫了一幅四格漫畫，改編武俠小說劇情融入其中，鄰座同學看了反應甚佳，促使我繼續畫下去，作業簿很快就成了二十幾頁的連環漫畫，多人搶閱。

導師知道學生居然浪費寶貴的時間去畫漫畫，大感不解，對於班上有人捧場愛看更感好笑。在她的勸阻下只好擱筆。

「我如果沒記錯，你的爸爸、爺爺都來過學校，對嗎？他們這麼愛護你，你應該專心用功才對，不要浪費時間去畫沒用的漫畫。」導師語重心長的說。

我爺爺？唉，導師誤會了。這種誤會從國小開始就常發生。

「你爺爺來了。」每當老師這麼說，來的其實是老爸。

「你爸爸來了。」如果老師這麼說，來的其實是大哥祥榮或二哥新民。有時老師還會自作聰明的補上這麼一句：「你爸爸眞年輕。」

能不年輕嗎？

若干年後看到雜誌報導知名漫畫家蔡志忠靠著漫畫版稅日入數十萬，不免想起當初這一段往事。眞是「萬般皆下品，唯有讀書高」嗎？所有學生都爲了升學而只知道背課本，這樣眞的好嗎？

過了大半年，國三上學期，學校舉辦全校漫畫壁報比賽，例行性進行一些消防救火或是保密防諜之類的政令宣導。本來不准學生畫漫畫的導師，這次卻欽點我代表全班去參加。雖然不解爲什麼「只許老師喚畫，不准學生塗鴉」，而且擱筆已久，還是奪得獎狀一張。說來慚愧，這是我國中第一張獎狀。

「賴祥蔚同學請立刻到訓導處報到，賴祥蔚同學請立刻到訓導處報到。」

國三下學期的一個上午，新泰國中的廣播系統在午間時分放送這則訊息，一聽就知道是烏黑壯胖的訓育組長親自廣播。這位訓育組長威名顯赫，管理嚴格，每年都有國三的畢業生放話要在畢業典禮當天讓他好看。

剛吃完飯的同學紛紛把眼光投向這裡，用眼神詢問：「又出了什麼事？」

我是班上最常惹事的學生，同學們聽到廣播都以爲一定是又有什麼狀況「東窗事發」了。

我也不知道出了什麼事，上一次和隔壁班同學在走廊發生過衝突，照說事情不大，又已經有一段時間了，不會在這時才被「傳喚」吧？百思不得其解，趕緊前往報到。

「你家人打電話來說你爸爸在醫院，叫你快點趕過去。」

「有沒有說什麼事？」老爸在醫院不是新聞，他已經住院多日，今早我就是從醫院直接來上課。據我所知，病情相當穩定，應該再過幾天就可以出院了，怎麼會現在叫我趕去？

「沒有，只叫你快趕去。」

轉身快步衝出校門，一陣不祥的感覺湧起，頭腦暈眩雙腿發軟，但還是逼著自己拔腳狂奔，沿著稻田跑向幾公里之外的省立醫院。

從有記憶開始，老爸就常進出醫院，有時還會住院多天。身體狀況一直不太好的他，在眾人的簇擁下選上思賢里第一任里長，然後一再高票連任。這麼一忙，爲了爭取地下排水道與里民活動中心，太過投入公務，痼疾又發作了幾次，醫院甚至幾度發出病危通知。

幾年下來，我以爲老爸進出醫院只是按例會發生的事情，沒有太在意，相信最後一定也會按例平安回家，不會有事。

更何況，以往幾次病情嚴重，都是急送林口的長庚醫院，結果也沒事。上個星期老爸感到身體不適，以爲不嚴重，因此就近前往附近的省立醫院就診。住院觀察以後，病況相當穩定，預計不久可以出院。

但是就在這個早上，一個平凡無奇的早晨，老爸安躺了多天的病床先被急急推向加護病房。在稍後的幾十分鐘內，全家人陸續趕到，看著病床又被推出了加護病房，移駕到醫院一樓。雖然老爸歇躺的病床一再被人推來轉去，但是這些紛紛擾擾的塵世俗務再也不能打擾他。

老爸走完了人生的路。

或許是巧合，或許是自覺大限已到，在住院的這幾天，老爸寫下了一份簡要的自傳，記錄了他的一生經歷。許多辛酸往事，他從不曾對孩子們提起。

打拼了一輩子，安頓了兩個破碎的家庭，教養了六個小孩，老爸走過坎坷的奮鬥歷程，卻來不及享受耕耘的成果。

思賢里沒了老里長還可以再選，但是雜貨店沒了老闆，加上這幾年便利商店陸續出現，不久後便悄悄拉下鐵門結束營業。這個家，再也不會一樣了。

17 軍校淘汰生　走向聯考

對於子女的管教，老爸常說不學壞就好。因爲如此，小孩沒什麼讀書壓力。只有一次，老爸笑著說：「如果看到你考上大學，我會很高興。」

後來不考高中，想要報考軍事院校中相當於高中的中正預備學校，老爸也沒有反對，只說：「念什麼都好，只要自己想清楚就行。」

想讀軍校是因爲讀了中國近代史，深深覺得國家衰弱，匹夫有責，因此想要從軍報國，希望這個世界的和平是由炎黃子孫而不是老美來維護。

但沒考上中正預校。

因爲右眼視力不合格，所以在體檢第一關就慘遭淘汰。

不能進軍校，只好乖乖準備聯考。

或許是沒有升學壓力反而能靜心念書吧，在國三這一年我的成績緩緩進步，一度擠進了全校前一百名，開始進入了有希望考上公立高中的名單。

爸爸最後一次住院時，恰好也是報名高中、五專、師專、高職等各種公私立學校聯招考試之時，要交一大筆報名費與一大堆照片。

住院要花不少錢，我知道這時家裡的經濟情況不好，不想向家裡拿錢。

班上催了幾次，我索性決定除了公立高中，其他都不報了。

導師知道後主動問說：「你的成績最近有進步，如果最後幾天好好看書，或許能擠上泰山高中，不過也不是一定能上，你確定只要報名公立高中嗎？」據說導師在還沒考試之前就先幫每個人預測「落點」，同窗好友宏德被看好具有考上成功高中的實力。

泰山高中是那時北區公立高中聯招的最後一所學校，萬一「名落泰山」，等於沒有學校可以念。但我不想多說爲家裡經濟而擔心的事，老師也不再多勸。

隱約知道把自己困到絕境中了。

但我不在意，更沒想過什麼「背水一戰」的激勵。

只是覺得即使不升學，人也可以好好活下去。開雜貨店、擺麵攤不也很好？老爸說只要不學壞就好。國中課本不也提過「無入而不自得」？意思正是不論在什麼地方沒有不自在快樂的。

畢業班停課之後，全校陷入沉悶而凝滯的緊密空氣包圍之中，學生像是被凝結在塡滿教室的無形果凍當中。絕大多數的前段班應屆畢業生都蜷縮在小小的座位裡埋頭啃書，偶或抬頭，學著菜市場魚販攤位上那一排排瀕死的魚兒般辛苦喘氣。

暑假開始後，大家都快樂放假去了，但應屆的前段班資優生繼續到校自修，開始最後衝刺。教室已經不是教室了，因爲沒有老師管秩序，全校都是教室，每個人都去找尋他認爲最適合度過這最後衝刺的幾個星期。空曠教室，四面通風的走廊、很少人會去的樓梯下陰暗角落、甚至花圃中的花前樹下草皮上，處處都有臥薪嚐膽的伏兵。

有些家境不錯的學生乾脆離開學校，前往補習班進行最後的猜題與惡補。

當大家利用最後幾天瘋狂念書時，我反而放鬆了步調，常常漫步在校園中，閒逛一個小時，再看一小時的書，悠然而愜意。

在某些全速衝刺者的眼中，在這一刻鬆懈下來就等於放棄，於是他們便又少了一個競爭者，這當然是件好事。很少人會在這時傻傻的勸你珍惜光陰。

竊喜者也不宜爲此分心太久，他們必須繼續埋頭苦讀，直到聯考降臨。

對考生來講，聯考才是最後的審判。

聯考放榜當天，考生家長紛紛帶著孩子去看榜，順便也打探一下左鄰右舍小孩的成績。一位上門的街坊就順便帶來了訊息。

「有考上嗎？」家人好奇的問。

「有看到名字，好像是復興高中。」

打工回來，聽到復興，心裡不很歡喜。不是因爲復興不好，其實復興比起老師預言的泰山高中還要前進兩個名次。

但我寧可考上泰山，因爲復興距離新莊最遠，耗費的交通時間不說，光是轉來轉去要花的公車錢也讓人煩心。

隔天查看報紙，發現自己上的不是復興，而是板中，與新莊只有一水之隔的省立板橋高中。

板中號稱「北縣一中」，當時北區聯招男生學校排名依序是建中、師大附中、成功、中正、板中、復興、僑中、泰山，一共八校。

這次聯考，特別成立的「加強班」上榜的人不到十個，雖然比起國一下學期剛成立時進步許多，但是不如導師預期，而且還有頗多爆冷門的黑馬，也許我也算是一個。當然，既有臨時竄出的黑馬，就有意外落榜的白馬。

黑
板橋高級中學

這次聯考還發生了爭議一時的數學答案卷風波，因爲答案卷上答題空格的順序標示不清，很多考生一時疏忽，把答案塡進錯誤的空格。考生家長一再陳情，最後聯招會還是決定不予計分。在因此落榜的廣大考生當中，包括國小關照我多年的班長。

後來得知，我不但超越了自己的正常水準而擠進金榜，還考出了全班數一數二的成績。

高中上榜的同學本來就不多，有人考上泰山高中，寧可去念北一女夜間部。至於其他同學，少數人選擇重考，隔年考上建中、附中等學校；多數人接受第一次聯考成果，自此分別進入普通高中或技職學校。一般人以爲聯考一試定生死，上不上高中非常重要，卻不知人生的道路無限寬廣，靠著認眞生活，技職學校畢業後，在職場同樣能各有精采。就像國中同學智忠，進入高工，再念二專，如今擔任品管工程師，收入優渥，每年還可以領取十個、八個月的年終獎金；宏德雖然高中聯考失常，轉念五專，現在已是知名科技公司的主管；豐池高職畢業後又念二專，然後成爲通訊工程師；志成五專畢業後投入電訊產業當工程師，幾年後在工作之餘繼續求學，先插班大學，後來又考進台大研究所。

很多人都誤將學業或事業當成要緊大事，其實這些只是虛浮的生活附加品，絕不可能眞正帶來快樂。我很慶幸同窗好友雖然在聯考後各自有了不同發展，但這一點也不影響彼此情誼。畢業至今二十多年，我們依然時常歡聚，一起分享承擔彼此的悲歡喜樂。

18 高中 怎麼算高等學府？

藍得一望無際的天空，悠悠飄過幾片白雲，擋不住廣澤四方的陽光。

在這九月的秋天早晨，悠哉游哉地任憑陽光輕輕地灑落一身，無疑是一件幸福的美事。

你可以閉著眼睛仰起臉來沐浴陽光，單單靠著風聲、語聲、腳步聲來感受地球的生命，這是一種珍貴卻隨手可得的閒情雅致，可惜多數人忽略了。

走過陽光微微溫過的大地，選了一棵枝葉茂密的大樹，調整出最舒服的姿勢倚坐在樹冠庇蔭之中，陪伴著的是一卷書冊。

「不可以坐在這裡。」忽然有人來破壞風景。

「我在這裡看書。」抬頭一看，來人穿著深藍色的標準西裝、是個一臉古板嚴肅大約五十歲的削瘦男子。

「看書也要在教室看，早自習一定要在教室裡，下課才能離開教室。」

唉。

你聽了嘆氣。

我身歷其境更嘆氣。

破壞樹下閱讀之樂的人是板中的訓導主任。

其實幻滅更早就開始了。

報到那天，一個個新生走入大門，看到葉肥枝疏的菩提樹。

新生們當然還不知道這叫菩提樹，也不知道這是板中校樹所以板中人自稱爲菩提子，更不清楚這裡有過一株更大的菩提樹。

老菩提樹在新生入學前不久的天災中陣亡，一個板中畢業的立法委員回校演講時，以過多的感性語調，對著一群對演講沒興趣卻被迫來聽的學生說：「菩提樹倒了，學長一定會想辦法再找一棵樹回來種。」

這或許是整場演說最讓聽眾有反應的部分，不過直到他一再連任最終仍以落選告終，這張支票還是沒有兌現。

烏龍承諾，恰恰應證了「菩提本無樹」的禪宗佛讖。

神秀和尚說：「身如菩提樹，心如明鏡台；時時勤拂拭，勿使惹塵埃。」

六祖慧能說：「菩提本無樹，明鏡亦非台；本來無一物，何處惹塵埃？」

在此卻成了：「菩提本無樹，講台亦非台；本來已無樹，誑語惹塵埃。」

忘了政客吧，一位新生在報到當天來到這裡，穿過板中大門，走向女生上課的「慧樓」，越過穿堂豁然開朗，出現在眼前的是一片不小的內操場，有籃球架有排球網，內操場再過去是男生上課的「智樓」。

這樣的內操場也算不錯了，因此便合理猜想，在智樓後頭一定有個綠油油的田徑場，而且必然更加可觀，應該是一圈剛好四百米的標準跑道與田徑場。

走到這裡的新生都這麼想，於是滿足地轉頭離去打道回府。

正式上課後發現智樓後面已是圍牆，原來這所學校居然小得連四十米的跑道都沒有。

操場失望在先，校風破滅在後。

你以爲這是一所公立學校，勉強也算名校，想不到學校如此陳腐，只管學生在不在教室裡，即使在教室外爲的是靜靜看書，而不遠的教室裡早就失了秩序。

其實這道理很簡單，因爲進不進教室是比較容易管理的項目，就像腦殼上面的頭髮長短容易判斷，腦殼下面的智慧增減或是情緒好壞不易洞悉。

說起智慧增減，來到這裡的學生應該也算各地國中的菁英吧。

什麼？你不能同意？好吧，就算不是菁英，起碼不是來混的。

可惜偏偏就是。

這兒不是想像中那種聚集菁英、濟濟一堂的學府，來到這裡的同學們也不是人人都想好好念書，班上有一些同學似乎不是爲了念書而來，於是作弊風氣之誇張讓人瞠目結舌，而且到了期中考更加變本加厲、登峰造極，還有幾個作弊集團公然成形，分工合作製作小抄，還有專人負責帶來精采書刊雜誌擺放在講桌上，以便引誘監考老師專心閱讀

忘記監考，就這樣靠著團結合作的人類美德，聯手締造了輝煌一時的動人成績。

你不得不承認，有些學生花在作弊上的心思與功夫，實在已經達到了藝術作品的境界水準，比方說，在一管管短短的透明塑膠原子筆筆桿上，細細雕刻了一整篇課文、一百個英文單字或是大半冊的複雜數理公式，讓人看了只有乖乖稱臣嘆服。一見之下，珍藏之心自然升起，絕對無關作弊。

這些作弊客是帶著作弊技巧來腐化這所公立高中的嗎？還是這所高中固有的作弊傳統腐化了遠道而來的學生們？擅長作弊的學生是增了智慧還是減了智慧？然後，可不可以回答以上皆非或以上皆是？

答案仍然是謎。

高中遇過的謎太多，其中最具有傳奇性的一個恰恰發生在同班同學的身上。

如果不是親眼目睹而是道聽途說，一定會認爲故事內容太過誇大、純屬欺騙、萬難相信。

一個矮小男生，辛苦訪求覓得某位神秘的中醫師，經過了望、聞、問、切，終於獲得一帖藥方，抓了中藥以土雞燉成一鍋濃湯服下。

幾帖濃湯之後，短短一年之間，原本一百五十公分左右的身高，居然在暑假之後大家睽違了兩個月再見時，硬是拉拔了十幾公分，不客氣的越過了一百七十公分的大關。

藥效不待多說，立刻引來全班同學爭相請教。這帖藥方曝光之後，更立即成爲遠近各班所有「恨天高」男同學爭相索討、一印再印的至尊寶典，比起虛無的《九陽眞經》加《九陰眞經》再加上必須「欲練此功，引刀自宮」的《葵花寶典》三合一全集都還要吸引人。

故事到此還未結束，到了他念大一的那年，已經是一個一百八十好幾逼近一百九十公分的長人，隨意伸手便可輕鬆灌籃，成了籃球校隊。

當日所印藥方還在身邊，共有二十味，內容如下：當歸、川芎、伏苓、冬蟲、杜仲、西紅花、首烏、白芷、牛七、故紙、淮七、油桂等，其他尚有八味，因字跡潦草看不懂而不敢亂寫，用藥分量亦然。

當事人雖然大方提供了增高秘方，但是不知是藥方純粹針對個人體質、或是其他男同學因晚吃數月就此錯過了關鍵時機、還是另有獨門口訣心法沒有透露，總之沒有聽說過第二起成功案例。近年來常有藝人以各種形式獻出豐胸、塑身、增高、美白等亂七八糟的獨家經驗，一聽就知道絕不科學。想要變化外貌，應該要像在實驗室安排對照組，才能逐步釐清到底是什麼因素促成變化，其間因素包括先天體質、後天因素、關鍵時機、配套措施等等。總之，許多見證之言，恐怕當事人自己也不知道到底是什麼有效。

話說回來，增高一定要一口氣就邁向一百九十公分嗎？如果這樣，我寧願兩害相權取其輕，繼續保持平凡身高。

19 誤入歧途 選了自然組

高一升高二時出現了一大難題，就是選組。

四個類組中，國文、英文是共同科目，然後第一類組是選考歷史、地理的社會組，考上進入文、法、商等科系；第二類組是選考物理、化學的自然組，考上進入理、工等科系；第三類組是除了第二類組考試科目再多加考生物一科，考上進入理、工、農、醫等科系；第四類組是第三類組考試科目減去物理一科，考上進入農學科系。

有人也許會覺得分組是件好事，能夠少念一點書就少念一點書，最好是一個類組就只考一科；我偏偏貪心，都想要念，如今面臨難以抉擇的取捨。雖說從亞里斯多德以降，早期的大學者們個個都是樣樣學習的百科全書家，直到這一百多年來科目才越分越細，但我們畢竟活在這個世紀。

從高中聯考成績來看，我社會一百三十一分，差九分滿分；自然才九十分，離滿分差多了。幾經思量，既然社會成績比自然科好，理當選擇社會組。

「你一定會選社會組。」同學篤定地猜。

偏偏不想被人猜中。

當時高中生普遍有一個奇怪的想法，就是只有聰明的人能夠念需要理解的自然組，

頭腦差的人只好選擇必須死背的社會組。至於不同類組所涉及的性向興趣或是未來就業出路等等，往往遭到忽略。

因爲這樣，聽了那位同學的話之後，心中很不服氣，爲了逞強證明自己不是只能死背，於是選擇自然組。

在選自然組的同時，是否順便多加一科生物的念頭，輕飄飄地浮過腦海，畢竟生物是一門有趣的課程，過往成績也不賴。不過這個念頭很快就遭到青蛙的好意阻止。據說生物課的入門必備訓練是解剖青蛙，於是一隻肥大無比的青蛙跳入腦海中並且以其呱呱作響的獨特音調勸說：「你小時候不敢開剝青蛙皮，現在焉敢切剖青蛙腹？」一語驚醒選組人，此念遂消。

高中最拿手的科目還是國文，連任多年的小老師不說，還訂正過國立編譯館國文課本中關於連橫的部分。

事情是這樣的：姓連名橫字雅堂這位先生所寫的《台灣通史》一書雖然大名鼎鼎，但是大多數居住在台灣的人只怕都沒有翻閱過，最多是上過高中的學生曾在國文課本上讀過一篇短短的「序」，也就是作爲課文出現的〈台灣通史序〉。按照課本體例，在課文前後必然附加幾則關於主旨、作者介紹等等的添加物。閒來沒事吃飽撐著，把這篇課文的作者介紹部分仔細加以研究，意外發現若干年代記載似乎不對，下了課立刻跑去向老師請教。

「年代不對？可能是課本寫錯了吧，課本寫錯這也不是什麼稀奇的事。」年邁嘴癟、爲人和氣、上課認眞的國文老師說。

「那怎麼辦呢？」

「有時間的話就寫信去要求更正呀。」老師笑著說。

高二學生便寫了一封信去國立編譯館，國立編譯館回信感謝去函，但強調經過請教負責編寫的教授，堅稱內容絕對沒錯，最多是標點符號不當，因而引起讀者的誤會而已。儘管不認錯，隔年國立編譯館還是將連橫的介紹大幅改寫過。

教國文的馮老師早年在金門前線教書，有一回上課講到了甲骨文的由來，說這些甲骨在清朝被挖出來時，原本是當成「龍骨」搗碎入藥，後來因爲注意到上面刻有文字，才發現這是具有幾千年歷史的甲骨文，但是發現時這些珍貴的史料不知已有多少進了肚子之後又排到了糞坑裡。

講起甲骨文，順帶提到了中國古代的「卜筮之術」。所謂「卜因龜決，筮以數斷」，古人的占卜之術，乃是先拿利刃在曬乾的龜殼上割劃，再用火燒，等到把割痕烤出更多的裂痕，再觀察這些裂痕的走勢來預測命運，以此決定該不該打仗或進行國家大事。

「因此對重大政策眞正有決定權的其實是烏龜。」老師笑著說。

有學生一時好奇，問起兩岸會不會再打？政府什麼時候才會反攻大陸？

這種軍國大事最高機密，一個普通的老師當然不會知道，但是本於剛剛講過的龜卜典故，他半開玩笑的說：「問烏龜呀，烏龜說反攻就反攻了。」

幾天之後，老師遭到逮捕，原因是上課講的那句話傳了出去。當時政治局勢緊張，加上處在金門前線，這番談話引起當地軍政機關的注意。

原來民間「看頭說故事」，私下盛傳老蔣總統是神武大帝座前的龜仙轉世，國文老

反攻大陸
國文

師從甲骨文講到由烏龜決定國家大事，差點就變成了公然把國家元首罵爲烏龜，這一來等於是犯了詆毀國家元首、爲匪宣傳的滔天大罪。

還好一位相識的將官願意出面，擔保這一介窮酸夫子絕對不敢犯上，因此只關了幾天就被放出來。

「不然誰知道後果會怎麼樣？總算沒被烏龜害死。」多年之後想起，他仍心有餘悸。

因言談惹禍，自古多見，上課愛發言討論的我也深有體認。

還記得高一國文課時林老師講解課文唐詩，說到唐朝大詩人杜甫的〈贈衛八處士〉一詩有云：「人生不相見，動如參與商；今夕是何夕，共此燈燭光。」

我舉手說看過另一版本寫的是：「今夕復何夕，共此燈燭光。」

林老師說：「今夕是何夕，共此燈燭光。意思是問說：今晚是什麼好日子，能與友人一起聚在這盞燭光下。你將『是』字改成『復』字，沒有意義，怎麼能夠解釋？」

不記得看到的書上怎麼寫，直接憑自己的理解答說：「因爲『復』字本來就有『再次』的意思，因此如果是用『復』字，原句可以翻譯爲：『過了今晚不知要再等到哪一晚，才能一起聚在這盞燭光下。』再說，『復』字比『是』字看起來更像是古人用字。」

話一說完，全班歡呼。

高中正值叛逆期，許多學生喜歡挑戰老師權威。本來我的發問是就事論事，討論課文，給同學們這樣一瞎起鬨，倒像是故意來找碴的。老師仍露笑容，但臉色難看。期末成績她給了我七十分，儘管我期中考八十六分，全班第一，平時考更接近滿分。

看起來師道崇隆，有些老師就是不歡迎學生上課發問。

相較於國文的得心應手，最感頭痛的科目是物理。

物理一直都是讓人傷透腦筋的心頭大患，直到聯考前兩個月才出現奇蹟。至於是什麼奇蹟，這裡先賣個關子，容待後稟。在這奇蹟出現以前，物理成績可以從高三的學年成績看出：所有科目之中，只有一科是不及格的紅字，就是物理，得分五十七，離及格還差三分。

但我還是堅定選擇了自然組。

20 老師都不懂 你怎麼會懂

有些老師的教誨之恩不是在課本內容的教導上，國中時有國文課袁老師的一個微笑，高中時則有地球科學課劉老師的一陣狂笑。

他的這一笑，深有啓發，讓我在發問這件事情上終生受益。

發問？有人看到這裡可能會想：你已經很愛問了，還要人啓發？

其實好問者常發問的多半是自己擅長的科目，因爲有點程度，所以才敢大膽舉手發

問。

反之，如果是上課聽不懂的部分，相信台灣多數學生都是一樣的感覺：「既期待，又怕受傷害。」最好自己不問，又恰巧有其他同學提問，省下自己的期待與傷害。

會有期待，是因爲想藉由發問來解開謎團，以免腦袋一打結，接下來越學越混亂，尤其是數、理、化等科目，只要中間有一點阻塞，後頭保證全線完蛋。

至於怕有傷害，是因爲打從心底恐懼全班只有自己一個人不懂，如果硬著頭皮裝懂還不會洩底，一旦問了，不只擔心老師因爲要幫你解說只好耽擱全班的上課進度，搞不好還會惹來「笨蛋」的罵名而羞愧得想要找個地洞來鑽。

多數學生遇到上課聽不懂，對傷害的恐懼總是會壓過期待，尤其看到其他同學臉上整齊的掛著「懂了」的表情，自己只好趕緊補上一個「不難」的微笑，等回家以後再想辦法搞懂，可惜回家以後的自修常是不如意者十常八、九，結果就越來越不懂。

教地科的劉老師出現後，情況有了改觀。

相對於大多數老師總是提醒大家要隨時用功，這位劉老師卻在第一次上課就打破道德虛矯直接告訴大家：「輕鬆一點，你們這些傢伙怎麼可能眞的很用功？只要記得每玩十分鐘，假裝用功三分鐘就行了。」邊說還邊拿起書本示範假裝看書的模樣——搖頭晃腦東張西望，引來大笑。

開始上課之後，劉老師講完一個複雜概念，主動問起全班同學有沒有問題，這時大家一片靜默，沒有人舉手或吭聲。有聽沒有懂，照例不敢發問。

「如果沒人問問題，就表示大家都懂；既然大家都懂，現在換我來發問。」他滿面笑容的說，隨手點名幾位同學回答，沒有一個人會答。

他一陣狂笑之後直接點破：「你們因爲害怕大家都懂，只有自己不懂，所以不懂卻不敢問。其實只要你不懂，全班一半同學一定都不懂，大家都一樣。」

經過這次震撼教育，發問情況一下子踴躍了許多，不過怕丟臉而裝懂的心理障礙還沒有完全克服。

有一回天馬行空亂想：桌椅等物質都是由分子組成，分子是由原子組成，但原子體積極小，全部加起來也只佔分子的幾千幾萬分之一；既然如此，爲什麼觸摸物體時碰到的是實體，而不是其他絕大多數的虛空部分？

對於這個問題，老師仔細說明後，依然有聽沒有懂。下課後去問其他同學搞懂了沒，得到的答案也是不懂，因此又跑去問老師。這次老師更用力解說，在講桌旁比手劃腳、口沫橫飛，還夾帶了不少專有名詞，聽得更是一個頭兩個大，腦中浮現出更多問號。

「懂了嗎？」許久之後老師又問。

早已暈得不想糾纏，如釋重負的點了點頭。

「騙肖仔！」老師以誇張聲調大叫：「我都不太懂你怎麼會懂？」

經此當頭棒喝，才眞正領悟了不必不懂裝懂的學問，從此受惠良多。難怪孔老夫子會說：「知之爲知之，不知爲不知，是知也。」

21 高二學生 月入兩萬四

國小畢業時第一次想去工廠打工賺點錢，那時很流行玩魔術方塊，新莊多的是中、小型加工廠，組裝一個個的魔術方塊，再貼上九格貼紙，一面一個鮮豔的顏色，總共六面，拼成一個方塊。最後沒去，因爲老爸不同意，他寧可小孩多讀一點書，不要賺那點小錢。

如今老爸已經辭世，家裡雜貨店難以爲繼，打工再也沒人阻止。

國中畢業的暑假當了兩個月黑手，每天搭乘半小時公車去工廠，雙手沾滿油污操作鑽孔機械，在一個接一個的小鋼柱中鑽洞，太小要重鑽，太大就報廢，一不小心就會破皮流血。

那些潤滑用的油污上了頭、手、皮膚絕不輕言撤退，頑強得很，用工業用清潔劑連洗三次也才能洗得掉九成半，剩下半成化成了味道，彷彿遁進了皮膚裡。

從早到晚，工廠擴音器中傳來的音樂一首換一首，工人動作千篇一律。

體驗過這種生活，才知道中午吃飯的休息時間無比美好，下午過後，走出工廠背對夕陽緩緩回家時，肉體疲憊、心靈喜悅，彷彿全世界等著你去擁抱。

黑手工作不勞力也不勞心，卻另有一種說不出的疲累，有一個晚上感到太疲憊了，再無體力可擠那又悶又熱又沒空調的沙丁魚公車，只好默默拖著身軀緩慢移動，走了兩個小時的路回家。

上了高中後，高一寒假只有短短一個月，中間還夾了個農曆過年，普天同休。東扣西扣，沒剩幾天，所以要珍惜時間趕快打工。

這次換了近一點的工廠，走路即可上、下班，當起了焊接工，每天隔著薄薄一層似乎是壓克力質材不知道能不能真正護眼的護眼罩，在高溫中焊接小零件。臉燙眼炙，不過幾個小時下來就很不好受，做了二十幾天臨時工，收入六千多塊。工廠裡有些大姊說她們在此已經服務了十幾年，工作安穩，貼補家用。

想起台灣婦女的刻苦耐勞，深感敬佩。不過兩次黑手生涯真的已經夠了，以後再也不找同類工作。

升高二的暑假決定改行當推銷員，推銷一份小有名氣的週刊式參考書，打的口號是把家教老師按時送到家。

奇怪，這不就是參考書嗎？只是拆開了按照學校教學進度寄送到你家，但是價格可貴多了。

誰會去買這種只是分期寄來、收費卻昂貴很多的參考書呢？從小連參考書都很少買的我十分好奇。

但沒關係。

「什麼？你第一天上班就有業績？」新莊推廣處那個小頭銳面、一臉油光，看起來很像精打細算小攤販老闆的主任非常吃驚。

是呀，雖然不懂誰會花大錢去買這種拆開的參考書週刊，但是還是順利推銷出去了，第一天上班才兩小時就成功推銷了一戶。

當初看到這個工作要求的應徵條件是大學畢業，在校生亦可。管他的，就是要去應徵，怎麼樣？誰說大學生可以做的工作高中生就不能做？他們不就是多考了一次聯考而已嗎？偏不信邪，更不想再回工廠去當黑手。

「你要做？可以啊，反正這是看業績的工作。除了打電話，常常要拜訪可能訂戶，所以必須自備機車。」正在泡茶喝茶的主任無可無不可地說。

主任願意雇用的原因之一，可能是來人看起來比起實際年齡稍大一些，少年早熟。說起來，那時連在路邊買個水煎包，都曾經被人客客氣氣地招呼說：「歐里桑，這台『拖拉庫』你的喔？

麻煩挪一下。」叫歐里桑移卡車？？差點翻臉，人家才高一，又哪來的卡車？雖然沒有卡車，要自備機車卻不是問題，姊姊秋月有輛老邁的「達可達」機車很少騎，最快可以「飆」到時速十五公里，簡直比腳踏車還快。

兩個小時後，第一份訂購單交到面前，主任嘖嘖稱奇地說，通常大學生在三天內能招到一戶就算不錯了，何況是高中學生。

其實業績好，主要還要歸功於擅長做生意的主任，他想出了一個法子來擴展業績：國一新生訂週刊就送暑期升學補習，補習地點就在週刊社。

業務員要按圖索驥，翻開當屆的小學畢業紀念冊，一戶一戶打電話，專找有點想補習但還沒決定補習班的學生。許多國小畢業生在升國一的暑假會去補習，因爲民間盛傳學校開學會跳過英文字母與音標，直接教單字，不補習一定跟不上進步。這種謠傳後來證實居然是眞的，眞不懂是什麼道理。

「既然暑假想要補習，乾脆訂週刊，這樣就不只可以補習，還可以看一年的週刊，算一算才多花一點錢。」這是我思考過的推銷週刊策略：專講補習、不管週刊。很諷刺，但奏效。

主任本意不是這樣，其他推銷人員也沒想到這招。主任原來是針對看了週刊還不懂的讀者開班解說，以此吸引訂戶，對推銷人員的教育訓練也這麼強調，所以週刊社的補習班規模一直不大，像個小家教班。我開發的訂戶卻幾乎都是爲了補習而來，因此參加補習的人忽然多了。

可惜主任太精明了，訂週刊附送的補習爲了省錢，畢竟不講專業，居然因爲欠缺老師而動了歪腦筋到我頭上。

「主任，我不行啦。」

「怎麼不行?你念到高中了，還是板中的高材生呢，教教國小畢業的小鬼怎麼會不行?」主任下了結論：「明天開始你教一班，每個月給你加兩千元。」

趕鴨子上架，在跑業績的閒暇時段展開生平第一次試教，撐了一個月。班級雖小，時間雖短，希望沒有學生被這個高一升高二的中學生打工老師給誤過。其實菜鳥老師雖嫩，教起書來多半比較認真。第一天上課，爲了把一個家境不好的小胖妹從不會教到會，特別在下課後留她在教室，面對面單獨授業，一道數學習題從頭到尾、從頭到中間、從中間到尾、再從尾到頭，反覆講了六、七遍，花掉一個小時。

「懂了嗎？回家多想想，下次上課再算一次。」

過幾天她來上課，同一題目再考一次，終於會了，而且算式寫得一清二楚，推導正確。當場，你可以想像，一股開導有成的感動電流竄過全身，原來當老師可以這麼有成就感。

「來，換這題算算看。」同樣題型。菜鳥老師信心滿滿，相信已經拯救了一個學生的數學。

煎熬了十分鐘之後，她坦承算不出來。

這怎麼可能？既然前一題妳會，這一題應該就會。

除非，除非，但是，怎麼會呢？

儘管打從心底不想面對，最後終於確定了，她是爲了不讓老師失望，也不想課後再被留下來，所以花了一個晚上把上一道題的整個算式背了下來。

想要靠著一小時的善心惡補，讓國小數學基礎早已淪喪的學生能夠搞懂抽象的代數，談何容易？光是要塡補這段失落的數學功課，都已無比艱難，至於難得像是起死回生的部分，在於學生對數學早已完全失去信心。

唉，當老師果然不是這麼簡單的。這個比起黑手工作好上不知幾倍，業績理想外加教課就能夠月入兩萬四，創下個人薪水空前紀錄的理想工作，原本以爲可以在求學時期長期投入，忽然就失去了所有的吸引力。

22 耶穌在聯考前拯救物理

高二開始，班上去補習的同學開始多了起來。高三的補習人口更可觀，數學是大宗，物理、化學排第二，英文少一些。

前幾天經過台北火車站，居然看到現在有補習班標榜專補國文。如果不是三民主義越來越不受重視，應該也會有人想補。

說起三民主義，眞是莫名其妙，不知道念課本幹什麼？不是說不該念，而是離開高中生涯很久以後，看到了孫中山先生寫的三民主義，深深覺得編課本的人根本就是意圖讓高中生討厭這門課，原稿眞夠通順，卻編成爛透了的拼裝課文。

爲了補習，放學時間，同學絡繹不絕前往火車站，擠進爆滿的車廂後匆匆衝向補習聖地南陽街，再與其他學校學生會合。

前往南陽街的人流寬廣，論起這些群眾氣勢之磅礴壯盛，簡直可以據而推論數、理、化三大科目不補習一定不會。

70分
50分
20分
物理

按照行情補一科是一學期八千元，四科加起來，每學期補習費要三萬多元，比起那時的公立高中三千多元的學雜費，整整貴上十倍，差不多等於念私立五專的價格。

更厲害的是一位偶像明星蘇有朋，報載他的偉大母親爲了對付聯考，在他高三時特別針對七個科目禮聘了八個家教，終於讓寶貝兒子擠進台大。

看了這種報導，只盼望全台學子都有機會能獲得這種家境，保證大大提高實現台大美夢的機率。

窮人家小孩沒有七科八家教的補救機會，有些家庭連便宜很多的補習費也付不起，但是埋怨不公平又沒用，只好自己努力苦念。總算我運氣不錯，糊裡糊塗經由聯考撈上了一所公立高中，不然光是私立學校的學費，就夠大大頭痛了，能不能撐到畢業都是問題。

七科八家教的傳奇風采我沒親自看過，一路走來只見到補習過的同學。他們補完習隔天來到班上，無不神采煥發、相互交換秘密笑容，儼然已經掌握了《葵花寶典》中的解題訣竅，取得了邁向大學窄門的鎖鑰。

而對一道又一道難得嚇人、簡直已經到了腦筋急轉彎程度的題目，他們總是能輕輕鬆鬆、語多保留地說：「這個題型補習班教過了，只要這樣那樣，再套某某公式就可以算出來了。」唉，這些弔人胃口、有聽沒有懂的黑話，一定就是重金買來的通關密碼了。遇到這種題目，豈不是要套一句民間描述司法黑暗的諷刺話語：「有錢判生，沒錢判死」？

通常補習過的同學不會輕易爲一旁求知若渴的門外漢解說密碼詳情，因爲一來這是花費許多金錢與時間才獲得的，二來幫助他人就等於自找競爭。高三學生的年紀已經將近成年，開始明白了分辨敵我的要緊與厲害。

成人世界一直這麼運作，至於天真善良則屬於兒童特質，還有人說學會了勾心鬥角才叫長大成熟。

既然付不起補習費用，只能羨慕那些總是有解題訣竅的同學，外加利用免費試聽機會去旁聽。不過這畢竟不是辦法，更何況坐火車的車錢也是問題。不能人比人，只好多用功。正是：「同窗撒錢補習去，獨憂車資教室坐。」

爲了多一點時間念書，高三住進宿舍，本來還擔心住宿費，還好公立學校宿舍是許多人共擠一小間，收費不貴，算算差不多等於公車錢，這才得以入住。

如果不是因爲住宿，或許生命的改變不會這麼開始。但畢竟住宿了，彷彿命運爲你鋪好了路。

那是一個星期六的晚上，正因苦思生命的意義而感到苦悶，恰逢住宿同學盛雯帶著一群板中人要去教會，因而同行。

一開始吸引人的是教會中一張張的溫馨笑臉，這些微笑在相迎之時就已經消融了多日的苦悶，於是你不能不好奇。

好奇這些人，好奇他們口中與心裡的天父上帝。

本來我堅信無神論，但是教會的兄弟姊妹告訴我：「念自然科學的人凡事都想理解，可惜人的智慧有限，能理解的事並不多。舉例來說，大多數人不能理解大科學家愛因斯坦的理論，既然連人所說的話都理解不了，又怎能奢想要理解神？更何況就連愛因斯坦也是虔誠的基督徒。」

因著這些話語，因著那些微笑，無神論者開始接觸基督教，最終信了主、受了洗，成了基督徒。高三聯考前，因著教會奇緣的帶領，我開始領略愛的眞諦。

和平堂青年團契的弟兄姊妹各有傳奇的故事，最值得一提的是陳韻。陳韻年輕時相當叛逆，卻在相信耶穌之後變成一個全新的人，看到這樣的見證，她的父母後來也一起受了洗，那天也是我的受洗日。

陳韻嫁給來台傳教的德裔美籍傳教士後移居美國，過了幾年生下一子一女。原本在美國生活的他們，因爲受到感召，決定遠赴中亞的吉爾吉斯傳教，分享上帝的愛與救贖。爲了籌措費用，他們賣光家中財物，包括一棟位於加州棕櫚泉市的美麗別墅，舉家前行。其間這一家人曾經短暫回過台灣，一雙才三歲不到的可愛小兒女，在那時居然已經繞行地球超過三圈，而且能說中文、英文、俄語與吉爾吉斯當地用語。

陳韻夫婦宣布要去傳教時，家人與朋友都曾好奇問說，眞要傳教在美國或台灣都行，何苦去一個全世界幾乎沒多少人聽過的地方？他們笑著說，百年前馬偕醫生來台灣醫病兼宣教，當時交通不便，情況一定更艱辛，比較起來，他們不算苦。

對當年的台灣民眾來講，馬偕醫生大概有如上帝派來的天使。如今，陳韻夫婦會是吉爾吉斯人的天使嗎？或許，每一個人都可能因著領悟了愛的眞諦，於是變身成爲其他人的天使。人人都可以是天使，端看願不願意。

媽媽得知我參加教會，並未反對，還忽然猜想老爸可能也是基督徒，雖然老爸生前沒有禱告與讀經，但是曾說自己信奉的宗教不能拿香祭拜。

老爸眞是基督徒嗎？什麼時候開始接觸呢？老媽推想時，老爸已經回到主的懷抱十多年，無從探問。

大膽推想，莫不是來自家族？

據說故鄉最年長的堂哥取名爲「賴祥愛」，以愛爲家族長男之名，即使是現在也少見，何況堂哥年齡大我四十多歲。在當時的偏僻鄉下，如果不是根據聖經的那句：「而今長存的有信、有望、有愛，其中最大的是愛。」實難理解。

高中三年，成績一直很不穩定，時好時壞，考得最好的一次，居然是最沒有準備的一次，模擬考前一晚與幾位國中死黨徹夜閒聊、通宵無眠，隔天兩眼惺忪直接赴考。在神智不清、昏昏欲睡之下，居然考了全校第九名，拿到高中唯一的獎狀。

相較之下，在這之前一次的模擬考，明明是有備而來，卻才考了全校第六十五名。可惜接下來的模擬考又盪回到正常實力，到了高三最後一次模擬考，排名是全校第七十三名。

回顧成績，國文、三民主義撐住基本盤，英文、數學普通，化學不太好，物理簡直就是糟糕，如此成績實在不該念自然組，但這時後悔已經來不及。

按照模擬考成績推算，理化將會拖累總成績，兩個科目相加在一起可能還不到六十分，估計是化學三十五、物理二十五分，以這種成績去考聯考，又豈是悽慘二字可以形容？

其實很多地方會念不通，多半是因爲先前章節的基礎就沒有眞正理解。但是偏偏越是念不懂，越感到心慌，也就更加無法平靜看書。

就在這時，宗教發揮了力量。

信教之後，可以好好靜下心來看書。因爲不心焦，所以從容去找了一本淺顯易懂、重觀念不重解題的物理參考書，幫助自己重新學習重要觀念。

我從第一頁開始看起，自問眞正看懂一章，才繼續往下看，不再是蜻蜓點水似的趕進度。這樣每天念物理兩個小時，看了一個多月，聯考已屆。放榜後物理居然考了六十九分，比預期的分數增加了一倍有多，一舉跨過高標，光這一科就比預期多拿了快五十幾分。

話說回來，心情太安定也有缺點。

聯考進行到英文科時，寫到一半不知不覺沉沉睡去，等到好夢告一段落，隱隱約約想起似乎正在聯考而驚醒，考試時間已經溜失了半個小時，一陣猛趕，總算沒有錯過包括作文在內的任何一道題目。

當我酣酣大睡之時，在場兩位監考老師居然沒有一個人發揮善心把我叫醒，實在氣人。不過他們可能也沒想到會有考生在聯考時睡著吧。

因爲耶穌出面拯救物理，考前這一個多月的改變，讓我繼三年前僥倖考上公立高中之後，居然又以黑馬之姿考上國立大學。

23 十元過三天的大一生活

最近十幾年來，政府一方面廣設大學，希望人人有得念，另一方面又因教育資源有限而放任大學的學雜費逐年調漲，因而引起窮人家小孩念不起書的話題。

看了學費年年攀升的發展，眞慶幸自己早生了幾年，不然眞不知道怎麼念得起大學。

在我的年代，公立高中學雜費一年只要六千元，國立大學的學雜費一年也只要一萬八千元左右。到了十幾年後的今天，公立高中學雜費一年就高達兩萬元，至於這個時候已經很流行、儼然不可缺少的補習費還要另外計算，至於國立大學的學雜費一年則超過

四萬元，萬一考上的是私立大學，那麼學雜費一年更是動輒十萬元。自己很幸運地考上公立高中與國立大學，否則只怕無法負擔學雜費，難以完成學業。即使考上國立大學，進大學後還是要靠著台灣銀行的助學貸款，學雜費與書籍費才有著落。

接下來要傷腦筋的是遠赴他鄉求學的生活費。開口要，家裡總會想辦法，但是雜貨店關門後老媽早已沒了固定收入；又想，自己過了十八歲已是成人，所以一心想打工籌措，不想繼續伸手。

剛到台中念大學時，人生地不熟，找尋工讀機會很不容易，沒有任何收入，雖然已經縮衣節食，但坐吃山空還是會走到窮途末路。

第一次沒錢時，特別找了一家離學校很遠的當舖，鼓足勇氣走進去，把身上僅有的值錢物品拿去典當，去了才知道原來在當舖裡沒有講價的空間，一切都照白紙黑字的公定行情決定，一只金戒指才當得兩千多元。

工作沒著落，很快又沒錢了。到後來，終於必須靠著全身上下僅存的十塊錢過三天。

問題是，十塊錢連吃一餐青菜自助餐都不夠，怎麼維持三天？

進入宿舍地下室的福利社，走過一排排商品琳瑯滿目的玻璃櫥櫃，不由得懷念起自家的雜貨店。但我的小雜貨店王國早在幾年前就已經走入歷史。

在別人的福利社裡尋尋覓覓，來來去去找了半天，發現便宜又有料的食物，莫過於王子麵與蘋果麵包，單價都是五元。各取一包，只好先將就著過，希望明天就會有打工機會了。

正要結帳時，看見一包十元的白麵條，容量飽滿，心想如果用現有的鋼杯加電湯匙自己烹調，再加點學生餐廳的免費醬油、辣椒油來調味，一天煮個兩餐，一包白麵條足足可以吃三天。

這道天下無雙的「電茶壺水煮白麵條外加醬油、辣椒油」，就這麼成爲第一道自己動手的料理，直到找到打工機會爲止。

「這樣好吃嗎？」室友第一次看到時好奇的問。

微笑以對。

「常常這樣吃不營養啦。」室友後來又說。

還是微笑以對。

這樣當然不好吃，但是肚子餓了什麼都好吃；這種吃法更絕對不營養，但又奈何？不知怎麼說明，只好微笑以對。

這樣生活了短短兩個多月，就瘦下十幾公斤。

現代人常常會感嘆減肥不容易，還願意以一公斤十萬元的代價去減肥。減肥眞有這麼難嗎？只要能眞正體驗一段時間的貧苦，就會知道減肥一點都不難。不妨試試看，把所有生活費都捐給慈善團體，只靠每天五十元熬過一個月，保證可以瘦下來。只要持之以恆，瘦到死都行。

社會有很多眞苦、更苦而且急切需要幫助的人。

當時媒體報導有一位父親因爲貧窮，辛辛苦苦向人借了兩萬元要供女兒註冊之用，錢借回來卻因家裡門窗簡陋而被偷走。當天晚上，這個再也籌不出錢又悔恨不已的父親，選擇了上吊自殺。

兩萬元逼死一個窮爸爸。

他們的悲苦，在上層的人就是不會懂。

很多政治人物或學者主張：政府已經補助了不少教育經費，更何況使用者本來就應該自己付費，因此想念書的人當然就要付出應有的學雜費。

使用者付費的原則在一般情況之下沒有什麼人會反對，但是此一原則不應該阻礙另一個更重要的原則，也就是人人都應享有經由教育而充分發揮本身潛能的機會，這甚至應該被列於文明國家的基本人權之一。

從個人的角度來看，多數人願意現在先得到栽培機會，等日後出社會收入穩定再來償還或回報；從社會的角度來看，越多人才得到良好的培育，就會產生越多的優秀人才，從而成就一個更加美好的明日社會。

前述道理簡單無比，可惜就是有人不懂，因此才會一味高談闊論連教育也要使用者付費。他們不懂的關鍵，主要還在於不能體會窮學生的困苦。

儘管窮苦，功課不受影響，我在大一上學期的成績還名列前茅。不過到了寒假過後，逐漸對系上課業失去興趣，加上此時已無升學壓力，開始了蹺課生涯，成績也隨之直線下滑。

蹺課很容易上癮，只要開了頭，後面就沒完沒了。因爲蹺課遠比上課好玩，而且一旦蹺課，更不容易跟上進度，去了也聽不懂，於是就更不想去上課。同窗好友俊榮、豐盛與我曾經一起趁著老師轉身寫黑板的一點空檔，大膽逃離教室，三個人身穿化學實驗室的白袍，共擠一輛機車，一邊騎一邊耍寶，在台中街頭呼嘯而過，到市區吃喝一頓，飽食而歸。俊榮自封「賭神」，是玩樂高手，打牌、玩球樣樣精通；豐盛號稱「牌王」，精通泳技，還認得許多花草樹木。

大一下學期最喜歡的事情，大概就是深入學校圖書館的各個樓層，以尋寶的心態，東晃晃西逛逛，挖出三、五本無關系上課業的好書閒書，悠然坐在校園內的湖水邊樹蔭下，看上一整個下午。

到了晚上，再騎著破舊的單車從台中市南區遠赴位於市中心的三民路打工。

這份櫃檯工讀生的工作得自學長介紹，工作時間是星期一到星期六，每天晚上五點半接班一直到十點半關門。每個月固定薪水六千元，平均時薪五十元。

找到工作，生活費有了著落，卻也不免減少了與同學互動的機會。在一些同學的心目中，不常出席系上活動的學生都算不合群。

24 忙著約會　忘了期末考

位於台中的國立中興大學，曾經是一座精緻而美麗的花園。

校內有個秋海棠形狀的中興湖，是這座美麗花園的心臟，一向是戀人們的約會聖地。微波粼粼的水面上，常有鴛鴦、天鵝、綠頭鴨，各自成雙成對悠游於湖水之上。作家李敖曾說，中興湖是他最喜歡的人工湖。

興大的大花園裡，還有許多隱身其中的小水池與小花園，例如雙池、南園、雙園。雙池面積不大卻美，飄著一朵朵優雅脫俗的水芙蓉；南園與雙園則是花團錦簇、曲徑通幽，彷彿世外桃源，這些美景吸引了許多戀人的足跡，交織成一幅幅美麗又浪漫的圖畫。

可惜許多景點後來陸續剷平，改蓋水泥大樓，以便多收學生多賺錢，照這麼下去，大概有一天整個校園會再也沒什麼園，直到除了可以賣錢的「湯圓」。

校園裡爲戀人留下記憶的花朵有大有小，偏偏都不是象徵愛情的玫瑰。最大的花朵是木棉花，最小的是桂花。木棉花引人注目但沒有什麼香味，桂花雖然小卻有清淡而持久的芳香。

每當小情侶輕握小手踏過校園，高大挺直的木棉樹就會廣張庇蔭，好意遮去過於熱情的艷陽，偶爾才放行幾方俏皮的天光。

行經樹下，落葉繽紛，鳥語啾啾，偶爾還伴著從樹梢上一躍而下的朵朵木棉花，在曼妙的盤旋舞姿之中緩緩落地，三三兩兩，像是上蒼派來祝福的一隻隻小小黃鶯鳥，從天降臨，歌頌愛情，在柏油路面鋪出紅黃繽紛的花瓣愛情大道。

那種詩情畫意的美景，只有體會過的戀人才能領略。

到了八月桂花開的時節，男生宿舍門口那株兩層樓高的桂樹，總會悄悄帶來換季的驚喜，往往是一大清早，桂樹就已偷偷換了面貌，彷彿暗夜曾經遭逢白雪飄落，幾抹銀白隱身於翠綠之中，每一抹銀白都是一叢嬌小的花苞。

當桂樹傳來淡淡清香，折一小朵含苞待放的純淨花蕾，溫柔輕巧的將它放在書頁押花，幾天之後，再將這清芬隨著信紙夾在情書當中寄出，那一季的桂香與思念便再也分不開了。

時隔多年，桂香還在我的腦中繞樑不散，一如那個下午奏起的戀曲。

那個下午，在興大校園東面通往女生宿舍的地下道裡，有位清秀脫俗的女生匆匆拾級而上。

她是淑芬。

這天淑芬與宿舍室友一起到校園的青草地去放風箏，誰知道風箏飛上天空之後卻頑皮地掙脫而去，拋下半截斷了的線。淑芬自願回宿舍再取一面風箏，走過地下道。

沒想到原來的風箏掙脫了線，卻勾起了一段紅線；就像是校園的地下道不只能通向宿舍，也可以通向愛情。

相戀多年後，無意之間聊起高中生活的種種，發現兩人的生命軌跡其實早已曾經在各自的發展中相遇，但當時只是交叉而過，來不及交疊。

「你們放學後留下來一會兒好嗎？」高一時衛生股長說。

本班的清潔工作一向傑出，教室前後門都貼滿了表揚的獎狀。

「幹嘛？」有人問。

「看一個女生。」

提到女生，大家頓感好奇，想知道約會是什麼樣子。

放學後在教室等了大半個小時，有人開始不耐煩：「到底什麼時候來？」

「來了，來了。你們不能亂講話喔。」

一個身穿水藍制服的女生捧著檔案夾緩緩走來，到了我們所在的最後一間教室外頭看了幾眼，伸手檢查了一下窗戶，轉身離開。

「唉喲，原來只是來檢查清潔工作，還以爲是來和你約會呢。」

衛生股長不以爲意，臉上寫著歡喜。

我說起這段高一小男生的初春情事，她竟也知道。

「難道那個女生就是妳？」我訝異，沒想到當天匆匆一瞥，就此種下緣分，過了三年之後，她在地下道與我相遇，從此走進了我的心裡。

「其實我以前就知道你這個人。」她笑著說。

「是嗎？」心中竊喜。

「不過那時有點討厭你。」

「爲什麼？」

「因爲你很愛逞強，就算在冷得要命的冬天，當全校師生都緊緊裹在深藍色的大外套裡，有人還內加毛衣、外掛圍巾，就只有你，還是只穿一身淺卡其色的制服。這麼愛

出鋒頭，學校誰不認識你？」

其實我不是逞強，而是學校原先發放的外套太小，卻不想花錢再買一件，沒想到這樣也能出鋒頭，讓她留下印象。原來緣分早已開始，卻在潛行多時之後才在台中的地下道延續。

兩人一步步逛遍校園，繼而走出校外，大一上學期的期末相約前往台中港。越過堤防，漫步沙灘，迎面有略帶淡淡鹹味的海風徐徐吹來，令人神迷。隨意追逐到處遊走的小螃蟹，看牠們橫走起來步伐輕快，讓人聯想到音樂家的雙手在鋼琴上飛舞。

回程的路上更令人難忘。

我們滿載喜悅，揮別彷彿捨不得沉入海中的夕陽而賦歸，當兩人騎著借來的機車沿著中港路飛馳，涼風拂面，正感到心曠神怡、無比愜意之時，猛然想起一件事。

今天是英語聽力期末考！

糟糕。

偷偷看錶，考試時間已將結束。既然如此，多想無益，不如看開一點，直接置之腦後。

沒說出口，不想以此爲美好的一天畫下休止符，硬生生破壞氣氛。

因爲期末考缺考，英聽的學期分數只有二十七

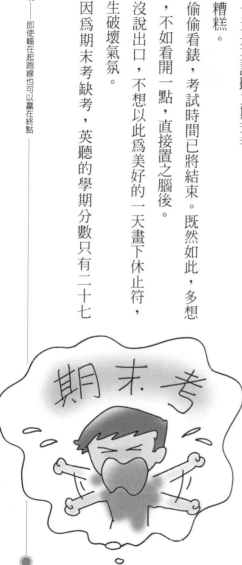

期末考

分。這是零學分的必選科目，被當了以後不必重修，不過成績單上面的分數總是搶眼，成了這一段甜蜜旅程的永恆見證。

25 轉系 到台北的企管系

我就讀水保系，女友就讀農藝系。當時兩系是近鄰，系館背對相倚，中間只隔了一條小小的黑水溝，因此每逢下課就去探班。

「我覺得妳們老師下課都不準時，常常拖過了時間。」我探班有感。

「我喜歡老師這麼認眞。」她不以爲然的說：「而且我覺得我們太常見面。其實一、兩個星期約會一次就夠了。」

一、兩個星期約會一次？

如果以此作爲評判的標準，那麼小生敝人區區在下每隔一、兩堂課就會出現一次的頻率，實在高出許多。

難怪她常覺得我太黏人，影響她練習二胡以及參加各種校園活動，兩人有時不免因此鬧得不太愉快。

怎麼樣才能減少出現的頻率呢？我思索著，但遇到感情的事還眞不容易訴諸理性，常常一不小心又去探班。

就在這時，學校貼出了轉系申請時程的公告。

轉系？或許這是個方法。

中興大學的校本部在台中，法商學院在台北。如果轉系到法商學院去，地理的阻隔應該可以有效達成兩星期一次的約會標準。以這種方式交往，或許有助於這段關係的長久維持，不然常見面鬧得不愉快，似乎很難撐下去。

轉系的腦筋很多高中生在選填志願時都動過，因爲如果先選好學校就必須淪入冷門科系，先選熱門科系就會進入差一點的學校。乾脆這樣，先選好學校的冷門科系，等入學之後再申請轉系，兼顧二者；也有人選擇先讀自己喜歡的科系再參加轉學考。後面這條路比較難走，所以打前面算盤的人居多。

不過多數有意轉系的人往往進入大學就開始「由你玩四年」，很快就忘記了當初的轉系大計畫，等到轉系時間一不小心溜過，除非大三再降轉大二，不然就只好待在自己原本不喜歡的科系直到畢業。

一直很好奇台灣有多少比例的大學生，讀的根本是自己連一點興趣都沒有的科系。如果有人進行調查研究，預估大概沒個八成最少也有過半。這些人拿到學士文憑之後，往往做的是不相干的工作，白白浪費了四年的教育資源。如果每兩個大學生之中就有一個是這樣浪費了教育資源，一年下來的總金額已夠驚人，幾十年下來更是巨大的浪費。奇怪，爲什麼升學階段的性向測驗從來沒有真正發揮功效？升學輔導遭到忽略的社會代

價可眞不小。

得知轉系開始申請的消息時，心想多半沒希望，因爲轉系第一關就是同系同學的競爭，然後才是跨系之間的競爭。

偏偏自己大一下學期的成績可以說是一團糟！

這時學期已經過了一大半，後悔也來不及了。

還好不肯輕易放棄的我又多問了一句，竟發現大有生機。

「眞的嗎？轉系只要看上學期成績？」

「對呀。」這時助教臉上的笑容，看起來竟比窗外的太陽還要光明。

僥倖。

幾天後消息傳來，轉系通過。

過了這個暑假，從大二開始，我將改念企管系了。

當晚在女生宿舍門口的鐵柵欄旁，我忍住心中的百般不捨，把轉系的事情告訴了女友，也把我這麼做的理由說出。

女友靜默了片刻，忽然轉過身子低頭不語。

「怎麼了？」我低聲問。

還是沒有回答。

她不肯轉過身來，但是佇立在背後的我依然可以看得出來，一顆顆晶瑩剔透有如珍

水保
企管

珠的淚水，正悄悄從她娟秀的臉龐滾下，落在衣領上。

「別哭，」我慌了手腳，她的反應完全出乎意料之外，腦中第一個反應就是脫口而出：「我不轉系了。」

決定放棄轉系。

沒想到不轉系也不行！

「你放棄轉系的申請沒有通過。」放暑假後的一個傍晚，學校打電話到台北來通知我。

「爲什麼？」我急問。

「電話裡也說不清楚，我看你還是明天來一趟好了。」

放下電話之後立刻連夜趕回台中。

原來放棄轉系的過程，比起轉系還要難上許多，因爲按照規定，一個學生只能轉系一次，轉系結果公告之後，我在學籍上已經是企管系學生了，想要回原系等於第二次轉系，不合規定。

隔天奔波了一整個早上，甚至驚動教務長，問題還是無解。

但我不肯放棄。

學校承辦人被煩得簡直抓狂，他始終不能理解：以往成功轉到企管系的學生都是雀躍歡喜，怎麼這傢伙居然想盡方法要放棄？這種案例眞是前所未有。

最後，當過學校主任秘書的游繁結教授想出一個或許可行的辦法，來幫助這個怪怪的學生完成心願。

「我再問一次，你眞的願意冒這個風險嗎？」

我願意。

學校專案上簽，以「報備」而非「報核」方式行文教育部。雖然說是報備，其實很可能被教育部予以否決。最慘的是，萬一教育部在三年之後才否決，我也會立刻被「遞解」出去，直接遣返企管系，就算當時已經畢業在即，仍要到企管系從二年級念起。

忐忑了三年，還好直到獲頒文憑，都沒有教育部傳來的噩耗，讓我得以繼續留在興大的愛情花園中。

幾度犧牲學業，都是爲了戀曲。對我來說，生命就該揮霍在美好的事物上，爲了眞愛，溫莎公爵寧可不愛江山，比較起來，不愛學業又算得了什麼？

由於先前轉系申請通過，特別商請微積分老師不要當我。我有自知之明，因爲期中考因故沒有去考試，事後才補考，而期末考的成績又不甚理想，猜想被當的機率頗高。

「老師，我都轉企管系了，你還會當我嗎？」

「既然這樣，好吧。」他遲疑片刻，交代了一大堆微積分習題當暑假作業作爲交換條件。

大二開學後他在校園裡看到我，一臉意外。

「你，你不是轉到法商學院了嗎？」

「對不起，老師，我後來又決定不轉了。」

眞的不是有意欺騙，不過也很難在短時間內解釋清楚。

希望這次事件不會讓他以後從嚴給分，不然對學弟妹可就遺禍不淺了。

26 大一當起了搬家工人

大一上學期苦哈哈，不像下學期找到了櫃檯工讀生的工作機會，好不容易等到寒假沒課了，立刻開始打工計畫。

許多大學生會利用假期打工，不過多數大學生的打工內容都彷彿公式，缺少新意。為了解決經濟問題、同時多多體驗各種人生，早在第一次寒假來臨之前，就已經決定要利用大學的假期打工來體驗不同人生，簡單的說，要找一些大學畢業以後不太可能做，但是似乎又很有趣的工作，以便感受多元滋味。

就這樣，我走上一條「非典型」的工讀之路。

第一個特別工讀經驗是大一寒假充當搬家工人，這個工作給你特權得以公然進入別人家裡翻箱倒櫃，既有探險的樂趣，又可以鍛鍊身體。

「你有力氣嗎？」老闆問。我翻遍分類廣告，找到這家位於小巷中一棟老舊公寓二樓的搬家公司。

「沒問題。」開玩笑，想當年我可是柔道冠軍，又下苦功練過國術，雖說已經荒廢多年，依然勇猛有力。

老闆得到我充滿自信的答案後，當場錄用，立刻上班。於是這家「平價搬家公司」，在前一個員工離職五天後的一個傍晚，又找到了一位新員工，也是唯一的員工。

生意還沒上門，兩人相對無語，老闆趁機自豪又得意的解說起這家公司名稱的由來：「我想了很久才想到這個名字，有些搬家公司喜歡標榜便宜，客人又不是笨蛋，怎麼會輕易相信，還不如說平價。」臉上還露出得意的微笑。

看不出外表像個大老粗的老闆，原來還挺懂得顧客心理學，眞是人不可貌相。

晚上七點多，老闆親自下廚，燉了一大鍋的花生豬腳。

「我看你今天晚上就搬來這裡住，搬家工作必須機動出任務，客人隨時都可能出現。」他舀了一小碗給我，邊吃邊說。

這裡眞的會有生意嗎？我眞懷疑。

低頭看了一下有點烏黑的鐵鍋以及不太乾淨的周圍環境，拿起筷子挑了幾顆散落在豬腳上的花生，再勉爲其難的吃兩口豬腳瘦肉：「我家就住附近，只要一通電話，很快就可以趕來，應該不必住這裡吧？」

「這樣嗎？先試試看吧。」老闆臉色嚴肅，看到我正要拿去廚房的碗更是不悅的說：「好東西也不會享受。」低頭繼續啃食肥豬腳。

當晚回家入眠，眞的在凌晨四點多接到了電話，昏昏沉沉中騎上機車，被深夜中的寒風一吹，立刻清醒過來。加快車速，匆匆趕到。

「嗯，十五分鐘，還可以。」老闆已經發動貨車等在門口，看見我出現，低頭看錶。我一上車，「全隊」立刻出發。

老闆一邊開車一邊解釋說，其實搬家任務一大半都是在晚上偷偷進行，這是因爲客戶要趁夜跑路，所以趁著夜晚沒人注意時悄悄走人。因此爲了機動配合，搬家公司一定要二十四小時待命配合。

在冷清無車一路暢通的夜間道路上，老闆傳授教戰守則：「等一下到了客人那裡，我在報價的時候，你要當著客戶的面前抱怨說：『老闆，這一整屋子都是大型家電，太難賺了，這一趟划不來啦。』這樣我才方便去向客戶抬價。」依照行規，搬家價碼算的是趟數而不是重量。

可惜老闆識人不明，找到的這個夥計很不上道，常常在關鍵時刻，故意躲進廁所，免開金口。小夥計看到許多客戶都是因爲經濟情況走下坡，才會在匆忙搬家時找這種標榜平價的小搬家公司，因此實在不忍再幫老闆賺他們的錢，只好跟自己的收入過不去。

有一陣子報紙常常報導有些不肖的搬家公司或搬家工人，居然會在搬到一半時才獅子大開口，形同勒索，否則就威脅把車上的家具丟到路上，讓很多人都對搬家公司感到害怕。大致說起來，我的老闆還算老實人，不會漫天亂抬價，耍弄這招也是爲了希望客戶會好心多給個三、五百元的小費而已，對方眞不給，生意仍然照做。

上了工發現自己絕不是適合這行業的大力士。本來以爲憑著練柔道與國術多年的底子，應該足當重任。想當年高二比賽腕力打遍全班無敵手，誰知經過了一年多的文弱書生日子，體能暴跌不少。

不只如此，這一行的所謂有力，居然是要能夠獨自一個人扛起兩公尺高的超大噸位冰箱，從高樓出發，經過狹小骯髒的樓梯，逐樓走下，每一腳都有如履薄冰之感，既要避免碰撞，又怕失足摔死，一步一驚走下一樓，上車卸貨之後彷彿歷劫重生，等抵達了目的地，再度揹起小別重逢不如不逢的超大噸位兩公尺高的冰箱，從另一棟不同公寓但是同樣骯髒的狹小樓梯，宛如蝸牛頂錯烏龜殼般，幾乎快要斷氣的從一樓又爬上高樓。

搬家除了依照縣市不同而有固定的價碼，每爬一層樓就多加一點錢，如有電梯則不另加錢。第一趟下了四樓、上了五樓，兩邊一共爬了九層樓，老闆與夥計都是一邊搬家一邊脫衣，最後各剩一件汗衫，仍然不約而同的在寒夜之中累出了宛如下雨般的汗。

脫了衣服，肥了褲袋。老闆多賺不少，口袋鼓漲。

當然，扛冰箱除了蠻力，還有專業訣竅，必須先蹲好馬步，運勁全身，以背來扛，用腰力頂。

老闆口沫橫飛說得簡單，卻也自承有一次因爲要挽救即將滑落的冰箱，一個施力錯誤，就此壓壞了腰脊，其實不適合再搬重東西，爲了討生活又沒辦法。

虎背熊腰經驗豐富的老闆都如此了，勉強算是讀書人的大一學生焉敢逞強？對大型冰箱、大型冷氣等超重量級的家電只好搬一回躲一回，儘管老闆施加白眼也只能裝傻應付。

「快起來！」在貨車的助手席正睡得迷迷糊糊，忽然被老闆喚醒。

原來剛才上貨時沒綁好，客戶新買不久的高級彈簧床墊居然大膽趁著車子開上高速公路迎向狂風時，「咻」地一聲仿效風箏逃逸飛去了，只是不自量力的床墊才飛不到十公尺，就因超重而跌落，在高速公路上還翻滾了幾下。

坐在老闆與夥計中間的客戶萬分緊張。

「快下來幫忙，你還在發什麼呆？」老闆路肩停了車，迅速跳下車，帶著夥計在高速公路上逆向奔跑。

後頭還依稀傳來客戶在車上發出的唉聲連連。

唉呀，危險！

一輛大貨車疾駛而來，駕駛沒料到半夜的高速公路上居然會有彈簧床墊從天而降，來不及躲開。

眼看就要當頭撞上鬧出車禍，想逃走的大床墊已先趴下討饒，還好大貨車的底盤高，於是化撞爲輾，兩排輪子沉沉地壓過了彈簧床墊。

「糟糕，」老闆看了沒車，快跑上前，指揮夥計先把車禍受傷的彈簧床墊搬到路肩。

　　這可怎麼向顧客交代？

　　「好像沒壞，只有兩道黑漆漆的輪胎痕跡。說不定客戶在車上，沒看到剛才那輛卡車壓過去。喂，整個翻過來搬，不然等一下顧客可能會叫我們賠。」老闆隨機應變，進行危機處理。

　　果然客戶只檢查朝著天空的一面，看到依然乾淨就

沒有多嘮叨。

　　除了危機應變，搬家對老闆來講也是尋寶之旅，因爲在搬運床墊衣櫃時，運氣好的老闆總會發現藏得很隱密的私房錢。私房錢藏得太隱密的結果，就是連主人自己也會因

為找不到而忘記。

對人家的私房錢不告而取，算不算是偷？心中思索良久，還好打工小弟的運氣遠遠不如老闆好，從沒遇過藏寶，免去了在貪求與良心之間的掙扎。

開學前幾天提出口頭辭職。大概我也不算是老闆心目中的理想夥計，他沒有慰留，而且還爽快拿出兩千元業績獎金。

搬家工作機動性高，薪水相對可觀，平均一個星期就有一萬元的收入，在當年對大學工讀來講算是相當豐厚。

27 逃命第一的保全人員

第二個特別工讀經驗是大二去擔任保全人員。

保全公司登在報紙上的分類廣告佔大一塊，看起來相當氣派，職缺從主管到警衛都有。應徵警衛者免經驗可，三萬二起薪，看起來很有吸引力。

「要不要一起去看看？」我邀約一位朋友。

「可是廣告上面說要三班制，我家裡可能不會同意。」

「先去看看吧。」

打電話問，約了直接面試。兩人結伴同行。

找到地址所在處，辦公大樓看起來相當氣派，應該不是騙局。進去後才知道這是一家規模相當可觀的保全公司。

除了一定要三班制之外，其他要求都簡單，而且第一天面試完之後就決定立刻錄用，隨即安排新人到一家知名的國際企業擔任大樓警衛。

同行的朋友無法配合三班制，莫名其妙陪著上了一下午的班。

臨出發前，又高又胖的保全公司主管挺著肥美的肚子問：「如果執勤時遇到歹徒入侵怎麼辦？」

要逃跑還是要拼命？既然擔任保全人員，好像應該回答會全力保護大樓的安全吧，不過這樣顯然又太過虛僞，想了一想說：「先打電話報警。」

「別傻了，」主管冷冷地說：「一個月才賺公司多少錢？幹嘛賣命？當然要先找到安全地方躲避，顧好自己的安全，萬一爲了打電話報警而延誤逃命機會，不但賠上自己性命，公司還要花錢撫恤。」

保全公司主管這麼坦白，還眞讓人意外。

上班地點是一棟當時還不多見的智慧型企業大樓，處處進出都要刷卡。大樓有智慧，警衛就輕鬆。

早班的進出管控相當容易，磁卡會負起嚴密把關的責任；如果是晚班守夜，更可以席地睡覺，只要每隔幾個小時輪流起來到各層樓走動巡邏一下就好。本來晚上執勤不能睡覺，但是人非聖賢，孰能不睡？

在巨大水泥建築中獨自一人巡視，只要不自己嚇唬自己，倒也有趣。

「小賴，你，嗯，能不能，」中年警衛吞吞吐吐的說：「跟我調班？」

「調什麼班？」

「你可以幫我值晚上的班嗎？」他陪笑請求。

值夜班對邁入中年的保全人員而言確實很麻煩，因為他們很想在晚上回家抱老婆、陪小孩，而且睡個覺還要半夜爬起來兩次，這對已經有點年紀的老骨頭來講真是不小的折磨。

「好。」當然可以。

算起來，大夜班的保全只要在大樓裡睡一個晚上就可以賺進八百多元，對沒有妻小又不怕睡眠中斷的年輕人來講真是非常划算。

每天夜幕低垂時，整棟大樓就成了兩名保全人員的天下，公司規定不准擅動客戶所有物品，但沒說不能到處逛逛，更何況趁著參觀之便確保大樓安全也算是履行職務。

整棟大樓最恐怖的地方，是十幾層樓裡最冷的地方，這就是佔了大半層樓的電腦機房。為了避免電腦過熱，在強大冷氣的一再加持下，整個機房透著一股說不出的陰森寒冷，那種另類生命的高科技詭異，讓人避之唯恐不及高層的董事長辦公室富麗堂皇，平凡中自有氣派，卻稱不上不特別，就像董事長本人，雖然大名常常出現在報紙上，但是對人和藹可親，即使對警衛亦然。

外籍主管的辦公室倒是令人大開眼界。

走進這間大辦公室，所有牆面都擠滿了深咖啡色的木製藥櫃，裡面擺滿了全台各地到處採購的藥酒。如果忽然把你丟到這裡，保證你不會猜說這是辦公室，而會說這是具體而微的高級中藥舖。

老外爲什麼會獨厚藥酒？

「壯陽的啦。」矮胖的老保全瞇著眼露出曖昧的笑臉。

新的藥酒送來時，老保全透露說，根據他向先前送來藥酒的人打聽得知，所有櫃子上擺放的統統都是各地蒐集來的壯陽藥酒。但是道聽途說，未必是眞，而且光看沒喝又怎麼會知道？

這個老保全常說自己身體不好，每天上、下午總會肚子痛或頭暈，無法去戶外管控車道的進出，怕半小時下來會曬到昏倒。

爲了感謝我幫他去戶外站崗，老保全不時會主動提供一些內幕消息給我，包括提醒我高高瘦瘦的中年保全到了發薪日，一定會以各種理由借錢，提醒我預先防備，以免白花花的鈔票有去無回。

「一定是老胖子跟你亂講我什麼。」想借一萬元被我婉拒，中年保全嘆氣：「你不

逃命
職責
保全

要聽他亂講，我告訴你，他這人很壞。那個老胖子常說自己身體不好，叫你幫他去車道站崗對不對？其實他身體好得很，只是不想曬太陽，喜歡留在冷氣充足的大廳裡納涼。」

糾纏良久，中年保全一直以沒錢幫兩個小孩交學費爲藉口，苦苦懇求，我明知多半是假，又怕眞是學費急需，終於讓他借走三千元。

「你眞是笨喔，叫你小心別相信他你還借，」老胖子知道了後說：「你等著看吧，一定討不回來的。」

老保全沒說錯，這筆錢借了出去，果然沒能追回。

28 大學生 變身計程車司機

「你聽說了嗎，學長的爸爸剛幫他買了一輛新車，慶祝他考上研究所。」

「全新的嗎？」

當然全新。

外殼亮得可以當鏡子的嶄新轎車開到系館時，羨煞了不少人。

大學生考汽車駕照的風氣很盛，有些人連車都有了，但多數是家裡的舊車，能開新

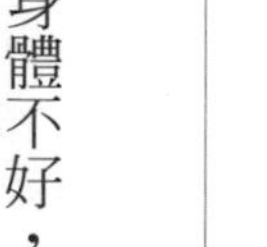

車的還是第一次見到。

眞希望自己也有車。如果有車，與女友去旅遊就方便多了。

我早有駕照，卻無緣開車，爲了想滿足駕馭的感受，第三個特別的工讀經驗是開計程車。

我先去考了職業駕照，又花了一番工夫去辦理計程車司機上路必備的執業登記證，忙了好幾天，陸續完成，然後看報紙找出租計程車的訊息。

「請問計程車出租怎麼收費？」來到車主家。一間普通公寓二樓。

「舊車一天五百，新車一天八百，一個月休兩天。」

「休兩天？」

「就是每個月有兩天不收租金。」

「車子要不要開來還？」

「不必，除非你不租了。」

我還想問，車主笑著說：「你是新手吧？」招呼我坐下之後，仔細說明了這一行的行規：執業登記證不能借人，不然算僞造文書；可以載客到外縣市，但是回程不可以載客，不然算越區營業，重罰九千；不可以在火車站載客，不然車會被砸、人會被打。足足講了半個小時。

想像中，開計程車既然屬於自由業，應該是很自由的。不但海闊天空條條道路任你

TAXI

遨遊，而且不需要趕著上班打卡，更沒有整天嘮叨的老闆。今天慵懶就多睡一會，反正改天精神好了可以隨時自動加班，把虧空的部分補回來。

別傻了，當然沒這種好事。

尤其新手上路問題更多。

「運匠，去××路。」

「啊？」

本來以爲自己對市區還算熟悉，總能應付，上了路發現乘客彷彿都是來找碴似的，怎麼大多數人要去的地方連聽都沒聽過？只好乖乖去買份地圖，承認自己的不足。

地圖派上用場的機會不多，乘客只要發現你靠著地圖找路，馬上就會開始進行技術指導，有人報了不錯的捷徑，也有人報錯了路；還有乘客選擇一路不停的冷嘲熱諷，罵說你這樣不夠資格開計程車；甚至有乘客二話不說，立刻下車。

偶爾遇上自己知道的路，正想滿心歡喜的啓程，卻發現乘客總有堅持的特定路線，如果不乖乖照著走，保證一路上都要忍受來自後座的炮火，反正就是怕你惡意繞路。

遇到乘客抱怨車資比平常貴些，最好少收，以免遭人檢舉繞路。

誰說計程車沒老闆？一天就有幾十位老闆，因爲每位乘客都是老闆！

乘客願意好心指路當然很好，最怕的是闖入迷城，進得去卻出不來，往往是乘客下車走人以後，空車怎麼繞都回不了熟悉的市區，就算有地圖都沒有用。不但條條大路常會在不知不覺間轉彎，讓原本平行的兩條路變成九十度相會，惹人錯亂，還會在忽然之間就一縮而變成羊腸小徑，逼得車輛進退兩難。

車資也有學問，不是跳表就好。

有回一名男子抱個睡著的小孩攔車要到外縣市，先問車資怎麼算。

長途車資另有行規，雖不知道卻不敢說，怕客人知道你外行而換車，錯過心目中的好生意。

把乘客先兜上車之後，藉口要加油，衝到加油站趁空偷問其他計程車，得知行情是八百，跳表也行。

乘客覺得八百太貴，選擇跳表，結果跳了九百，臉色難看。

回程是空車，一去一回平攤之後，方知遠程並不算好生意。

開計程車最慘的是，往往空繞一整天都遇不到客人，想去吃飯或是上廁所時偏偏就有人招手，挨餓忍尿幾乎搞出病來。

當過計程車駕駛之後，得了一個職業病：只要在路上看到有人舉手來就不由自主想停車載客，即使當時是騎著機車也難免。計程車開沒幾個月，看到路人舉手就想停車的後遺症卻持續了五、六年。

經驗不足的結果，總是一天下來開了十幾個鐘頭卻只有兩千元的收入，扣掉租金與油費各五百元，只剩一千。

女友曾經好意陪著出車，有些乘客十分好奇計程車還有車掌小姐，但是也有少數乘客一看到前座有人就誤以爲是共乘而不願意上車。

好友知道我開計程車，常常相約去玩，當天的租金與油費還是要照繳，又成額外支出，因此第一個月儘管早上十點就出門跑車，到了半夜才回到家，賺到的錢卻很少，不到兩萬，後來又收到紅燈右轉、超速等一張又一張的交通罰單，算一算第一個月只賺了一萬多元。

說起來，開計程車實在不好賺，上路未必有生意，每天卻都免不了付油錢、繳車租，三不五時還有罰單，難怪會有計程車因搶客而鬧到鬥毆。

賺錢雖要緊，不過也有不想收錢時。

有一次載到一位年老的阿婆小販。身材矮小的阿婆一上車先連連道謝，說很多司機看到她年紀大，又帶著小推車就拒載，怕麻煩，還好我肯載，還願意幫忙把推車搬上後車廂。

一聊之下，才知道阿婆靠製粿賣粿維生，大的一個十五元、小的一個十元，每晚都要過橋到河那頭的夜市擺攤，爲的是那邊生意比較好。路途遠，又要過橋，只能搭計程車，有時等半小時還叫不到車，只好長途跋涉慢慢走過去。

看到阿婆一輛小推車上才只擺了幾十個粿，年紀一大把了就只有這一點辛苦收入，如果再扣掉來回計程車錢怎麼夠生活？

這趟不收車錢了。我說。

阿婆堅持付錢，而且臨下車還想附送一個粿，我索性買了幾個當晚餐。

俗話說：「人在公門好修行。」其實能幫人處常幫人，開車也能修行。希望所有駕駛同業都能多多體諒老人家、小攤販、行李較多或殘障朋友等特殊乘客的難處。

當過計程車駕駛之後，想到開車就覺得煩，實在是始料未及。

坦白說，當年看到一些同學大方花錢，一通電話打回家就能買輛全新的機車甚至汽車，自己卻必須到處打工，不免感嘆起人世的不公，還好有這些多元的工讀經驗，得以體驗不同生活，算是苦中作樂。

孔子說：「吾少也賤，故多能鄙事。」這句話道出了有些子弟因家境不豐而從小就必須打工的無奈。既然至聖先師都曾如此，何不苦中作樂，藉由打工多獲得一些生活體驗與學習機會。

29 當家教 要下十八層地獄

除了「非典型」工讀，當然也經歷過大學生的一般工讀，例如家教，而且遇過許多有趣的怪事。

「你們大學生平常又沒什麼事，來教一下人家小孩也是做善事，不一定要收這麼多吧？年輕人有賺就好，千萬不要太貪心。」

剛開始接洽家教時，有個家長對於兩百五十元的時薪非常有意見，因此據理力爭，殷殷開導。

除了殺價，他還非常懂得物盡其用、人盡其材，要求家教老師不只應該配合降價，最好在前來家教的路上，順便去接他的小孩放學。

「反正順路嘛。」家長說得斬釘截鐵、理直氣壯、義無反顧、正氣凜然。

一旁的老奶奶聽到兒子不停殺價，緩步走過來。

我心想，英明的老奶奶一定是覺得自己這個兒子很糟糕，怎麼連寶貝孫子的家教錢也要殺價？老人家看不過去，終於出面主持正義了。

她走過來，站在兒子身邊，盯著正在尷尬發笑的家教老師候選人說：

「當老師教人讀書，千萬要負責，如果不認眞教，以後會下十八層地獄，被閻羅王拔舌頭喔。」

啊？

看來無緣消受這筆家教錢。

老奶奶的閻羅王拔舌頭之說雖然恐怖，終究是無稽之談，有個朋友去家教時竟被眞舌頭嚇到。

學生患有癲癇，家長事先叮嚀萬一遇到發作不必害怕，只要拿個東西讓他咬住以免咬斷舌頭即可。一天上課，學生的癲癇忽然發作，朋友嚇得放聲大喊，叫人幫忙。學生媽媽衝進來，一嚇之下，不但沒幫上忙，連自己癲癇也發作，還好男主人趕快進來控制局面，否則後果難料。

女友也接過一個有趣的家教，說是家教老師，不如說是愛心姊姊。

台中市中華路是出了名的熱鬧夜市，從傍晚開始，客人陸續上門，生意就忙得不可開交，到了晚上更是人如潮水，連寶貝小孩也顧不了。

「楊老師，麻煩妳了。」

我陪著去面試的那天，海產店老闆與老闆娘暫時拋下生意，來到二樓歡迎新上任的家教老師，夫妻倆都滿臉堆笑，洋溢著一屋子的盛情。

家長盛情沒話說，每次上課都先切好一大盤水果。眞的是一大盤，五個人都吃不完，而且不是只有第一天款待，往後天天如此。

「教得順利嗎？」過了幾天之後問起。

「很好呀，反正就是帶小孩，才四歲，其實也教不了什麼。不過這個星期六下午要加班。」

「爲什麼？」難不成四歲小孩也要趕月考進度？

「他說想去公園玩，我就答應了，他爸媽知道了還一直說不好意思呢。」

結果這趟旅程果然快樂。

「老師，我，我想要上廁所。」玩了大半天，小男孩說。

「好，我們去上廁所。」女友帶著小男孩急急往公共廁所走，不知道等一下該帶他去上男廁還是女廁。

「老師。」走沒幾步，小男孩又說。

「怎麼了？」女友邊問邊走，怕來不及。

「老師我已經……。」小男孩囁嚅著。

一陣異味飄來，原來小男孩「樂不思屎」，憋不住了才開口，這時已經全都拉在了褲子裡。由此可見，當天玩得多快樂。

我也聞過異味，但來源不同。

一個國二的男孩子特別喜歡在家教時盤腳。剛開始不以爲意，後來隱約聞到一股味道，這才發現他不是喜歡盤腳，而是盤著的姿勢剛好能夠一邊聽課一邊偷搓香港腳，搓的時候不只動手，連原子筆都能派上用場。

H.K.

原子筆？怪不得他家的原子筆總有一股怪味，我還好奇的拿起來仔細聞過。發現眞相之後只想嘔吐，坐立難安，什麼都不敢碰，回家之後拼命盥洗。既然無法忍耐這種局面，只好快快辭職逃開。即使多年之後走筆提及，依然覺得那股怪味還繞樑不去。

家教生涯的高峰發生在大三寒假，因爲幫助多位放假回家的同學代班，身兼八個家教，宛如八省盟主，整天趕場，月入高達三萬多元，看起來似乎光靠家教也能生活。

許多以前自己不會的題目，在當了家教後再去看忽然都變得很簡單。

其實類似經驗很多人都有過，回頭去看從前課本，往往覺得：「奇怪，這麼簡單，爲什麼自己以前會不懂？」

早先本來以爲是人長大了、變聰明了，後來念了大腦神經生理學才發現，人腦各個部分的發展都有階段性，負責邏輯思考與抽象思考的主要部分，也是最慢獲得發展的部分，甚至要直到十六、七歲才開始發展。

學生對於數理學不會，很可能是腦還沒有這個能力，等過幾年大腦長全了再學，就能豁然開朗，偏偏很多家長就愛揠苗助長，以爲早一年學就早一年好。未必！太早學又學不會，反而可能因爲受到挫折而形成了心理障礙，影響以後的學習信心。

兼了多年家教，有一天忽然討厭起這份工作，一心希望能重新獲得夜間的人身自由。家教生涯的最後一晚，上完課踏出戶外時巧遇一輪明月，呼吸了一口夜晚的清涼空氣，竟然有一種終於從監獄被放出來的錯覺。

30 大二面臨 退學危機

「剛走過去的人是誰？」大二上學期的期末考，我問身邊同學。

被問的人瞪了我一眼。

「怎麼了？」

「大哥，很扯耶，那個人就是下一堂考試的任課老師。怎麼你不認識？」

糟糕，因爲蹺課上癮，開學之後一直沒來上課，加上這堂課沒有期中考，居然混到了期末考還連老師都不認得。

各科考完後，儘管成績還沒有出爐，心中已感不妙。

對於學期成績能不能順利過關，「混」字幫的同學們總是「統統有希望，科科沒把握」。

同窗好友俊榮那時在課業上的處境與我相同，他說得十分貼切：「有可能統統都過，不過如果全部被當也不能算意外。」

分數很快陸續出爐，首先知道的是工程數學、工程力學、流體力學這三大重要科

目，全部宣告淪陷。

科目本身的重要性與意義先不談，光是三科的學分加起來就佔了十個，接近學期總學分數二十二的一半，彷彿先一步鋪好了路基，等著邁向退學大關。

三大科目已經蒙主寵召，其他科目也都進入了加護病房，十分危急。

計算機概論很少眞的去上機，統計則沒學到什麼，比較有把握的科目，反而是日文等通識課程。

「老師，我五十八分，只差兩分就及格了，能不能不要當我？不然我可能會被退學。」

因爲擔心因此遭到退學，特別去找流體力學老師陳情。

「五十八分是加分之後的分數，不然可能連五十分都不到。當初就想過給這個分數學生一定會來求情。唉。至於會不會因這一科而被退學，怎麼說呢？平

大學

時就應該多念書，而不是現在來不及了才緊張。」

老師講完，踩著小腳踏車離去，再不回頭。

成績出來，果然不及格。

在坐立難安的忐忑不安之中，各科成績陸續揭曉：除了日文分數可看，其他幾科都是以六十幾分低空飛過，最擔心的統計學居然有六十九分，而計算機概論則是剛剛好六十分。

通常拿六十分的都不是真的有六十分，而是老師慈悲心腸，刀下留人，不想當太多人，所以勉強讓一些原本不及格但是大概還有五十幾分的同學低空飛過。

一不小心就在退學門檻上跨出了一條腿，還好最後關頭又僥倖縮了回來，距離被退學只剩半步之距。

經過大有可能被退學的教訓，儘管有驚無險、雖然對課業仍舊沒有興趣，但是已領教了「混亦有道」的可貴。

其實在眾多的科目中，有些是因自己蹺課太多而應該被當的，例如以難念出名的流體力學，平時不上課不看書，考前一個晚上才猛開夜車，希望一夜奏效，要是這樣也能讀通，未免太過嚇人。工程數學與工程力學依此類推。

有些科目則是略有冤屈，例如某一科目，上課使用老師提供給全班影印的教科書，期中考前針對看不懂的部分請問女友，這是她自誇的專長科目。

「這是什麼意思？」我指著書本問。

「我怎麼會知道，我又沒念過你們系。」女友看了一眼後說。

「喂，與系無關，這是××學耶，妳不是很強嗎？」

「什麼？」女友仔細又看了一遍：「奇怪，怎麼和我學的不一樣？」

她拿著我的問題去請教她的老師，沒想到得到的答案居然是：「怎麼還有人在用這些術語？這是幾十年前的用法，現在很少人這樣用了。」

看來這個科目的老師同一本課本用了幾十年，從來沒有換過。那本供作影印之用的原版教科書，搞不好還是他多年以前當學生時所用的課本。

又如統計，這是小有興趣的科目，不過上課的狀況頗多：首先是老師獲得校長重用，身兼學校一級主管，因此上課常常遲到，最高紀錄遲到一百分鐘。

早上十時十分的課，他到了十一時五十分才匆匆趕來，而且來了看到同學多已離去，當場要求在場同學簽到並且開訓：「既然老師沒說下課，當然就要繼續上課，就算等到下課也要繼續等。」

善哉斯言，尊師觀念之強烈，不知道是否與他的留日背景有關，據說日本特別強調老師的權威。這次經驗讓人不能不聯想到「程門立雪」的故事：宋朝大學者程頤一日午睡時，學生楊時碰巧來訪，楊時知道老師在睡覺，不敢驚動，就靜靜地站在正在下著雪的門外。等程頤醒來，門外積雪已達一尺。消息傳出，一時引為師道佳話。

這個故事相當有趣，會出現這種情節，要嘛是學生不約而至，要嘛是老師有約照睡，反正總有問題。

對於白天睡覺這件事，孔子曾以「朽木不可雕也」批評自己的學生宰予。不知道他老人家如果知道儒家的門人後輩程老夫子也在白天睡覺會有何評語？

現代還有這種主動立雪的學生嗎？

就算有，故事中好像也不是由老師自己提出要求。

因爲沒什麼上課，又欠缺程門立雪一般的主動精神來念書，統計學期末考幾乎每一題都自以爲會寫，偏偏答案都不太對；還好老師可能也是因爲自己沒有正常上課，常常靠著補課趕進度，因此後來普渡眾生，沒當幾個學生。當然，過關絕不代表學會，大學統計沒學好的下場，就是後來眞要用到時，還是必須自修重念。

早知如此，還不如當初好好學習！

31 天上掉下來的總編輯

一個看似平凡其實不平凡的午後，我走進學校的圓廳。

「學弟，你要不要參加新聞社？」迎面走來一位系上的學姊。

「什麼社?」一時沒聽清楚。

「新聞社,編採學校新聞的校刊社團。」

編採?喔,想起來了,圓廳前面的工學院大樓牆壁上曾經懸吊了一幅三層樓長的超級大海報,非常醒目,上面的字比真人還大,寫著「編採營招生」。

不知道為什麼,這張大海報的文字一直讓我聯想到採花捉蟲的活動。

不過學姊提到學校新聞,應該不是關於花草昆蟲的社團。

「喔,好,我考慮看看。」以前從來沒有想過參加這種社團。

「別考慮了,現在就來看看吧,我知道你很適合的,一定會喜歡。」學姊拉了我就往社辦走。

學姊為什麼要特別邀請我參加新聞社呢?莫非,她知道我文筆不錯,在考試的作文項目中常常拿下高分?不對,她又怎麼會知道呢?難道是同學偷偷跑去告訴她?可是又是誰會知道我文筆好呢?真是令人不解。不管怎樣,能力獲得欣賞總是好事,而且學姊已經在拉人了,只好去看看。

對了,我會在這天來到圓廳呢,原因正是這裡是社團辦公室。

本來社團一直引不起我的興趣。

為什麼社團能與學業、愛情並列為大學三個必修學分之一,始終不懂。誰能告訴我,社團生活真的這麼重要嗎?

說起大學社團，有些學生愛跑，有些學生不跑。愛跑的以爲學到許多，有利以後爭取工作。不跑的寧可多看書，在他們眼中，跑社團等於放棄升學。

不管重不重要，在獲得答案以前，另有一股強大動力驅使我去接近社團。

愛情。

自從大一下感到科系不合志趣，只想混文憑，從此無心學業，整天念閒書、忙約會、上夜班，怡然自得，女友卻大爲反感。她認爲大學生除了學業，還要勤跑社團，因爲沒在社團混出名堂就沒有出息，更會耽誤她跑社團。

在愛情的驅使下，開始考慮參加社團，因此走向圓廳，正不知有什麼社團，碰巧遇到學姊。

很快發現，什麼文筆好、受肯定，都是自己一廂情願的幻想與臭美而已。

學姊擔任社長，爲了壯大社團聲勢、補充人力資源，到處拉丁、見人就邀，只要有點眼熟無不熱情爭取，至於適不適合到時再說，簡直是寧濫勿缺，確實是擔任社長的好典範。

第一天去就遇上「編後會議」，這種會議是刊物出刊之後的內部檢討。當時不知道其中意義，只見有人舉手發言對刊物內容提出批評，不免入境隨俗不知好歹跟著舉手發言講上幾句。

大概講得太苛了，有人臉色鐵青。

「既然這樣，下一期你來幫著採訪寫一篇稿子看看好了。」學姊巧用情勢提出建議。

胡亂發言換來差事，眞應驗了禍從口出的教訓。

比起課堂上的工程數學與流體力學，校刊的編輯採訪有趣多了，反正寫稿難不倒我，但是新聞稿畢竟不只是作文。

第一次分配到的採訪新聞是針對許多學生都關心的家教申請流程進行採訪報導。三、五百字，小事一樁，很快交差。

「去申請的學生有超過一萬個人嗎？」審稿的總編輯學長問。

「當然沒有啊，頂多二十幾個。」沒想到不是交了稿就可以登出，而是還要經過審稿呀？我的文筆應該沒話說吧？一邊站著回答總編問話一邊心裡暗想。

「那你幹嘛寫現場『萬頭鑽動』？」

「這只是形容詞嘛！」這麼挑剔，找碴嗎？

「大哥，寫新聞稿與寫作文不一樣，不能寫一些不切實際的東西、也不能隨便亂用形容詞，這個你知道嗎？」總編輯苦笑說。

原來寫新聞稿與寫作文不一樣哪？這可從來沒人教過。

從這則新聞開始，陸陸續續有跑了幾則新聞，也參與版面編輯，道道地地從做中學，漸漸有了一點概念。

第一次當編輯時正逢日本右翼團體在釣魚台插旗挑釁，引來保釣風潮再起，因此編的是保釣專版，擔任主編的鄭同學也是大二，但是從企劃、撰稿、到版面設計，樣樣純熟，令人敬佩。其實社團中的大二人多半都是從大一就已加入，資歷深厚，採訪過許多新聞，擔任過各版主編多次，練就了採訪、寫作、編輯等功夫於一身，有幾位還擔當過重要職務，例如《校運快報》總編輯、「編輯採訪研習營」執行長等。我這種大二才加入的社員，算是不好帶的老年菜鳥，還好社員大多親切，加上新聞社的小圖書櫃裡多的是相關書籍，舉凡新聞學、採訪學、編輯事典等，應有盡有，成了一群默默貢獻的啞巴好老師。

儘管新聞社還算好玩，不過因爲參加目的無非只是對女友有個交代，因此不是十分認眞，常常因忙著約會而拖稿，而且心裡還偷打如意算盤：「這則採訪稿沒有交，眞是不好意思，既然這樣的話，以後就別找我了吧？」反正這時陪著女友勤跑攝影社學攝影，已經達到了她要求參與社團的基本要求。如果不是學姊又親自出馬三催四請，可能已悄悄從新聞社消失。

轉眼過了半年，年度大事編採營結束，新聞社在暑假前召開改選大會，要選出下一屆的校刊總編輯。

改選大會是現場提名，旋即匿名投票。雖無內定名單，不過選前早已浮出最被大家看好的熱門人選，一共有兩位，都是眾望所歸、歷經許多重要社上職務的大二幹部。不論哪一位當選，應該都相當理想。

正因如此，壓根兒沒打算出席。

對我來講，在一連多天的編採營中主持活動，應該就是這趟社團之旅的休止符了。

這天晚飯之後，我悠然陪著女友在中興湖畔漫步。

湖畔靠著山丘的這一側，種了許多株高大樟樹，樟樹的香味非常獨特，讓人想起衣櫃的樟腦丸芳香，在夜色之中隱隱傳來，悠悠渺渺，頓感熟悉親切與提神醒腦。

按照社團傳統，大三人除非擔任要職，通常都會淡出社團運作，因此在我的心目中，這段社團生活已經告一段落，剩下的只有改選結果出爐的祝福。

「攝影社下星期改選耶，新聞社什麼時候改選？」月下湖濱，浪漫美麗，女友問起，大煞風景。

「問這個幹嘛？最近吧。」

「我要去觀摩呀，當作攝影社改選的參考。到底哪一天？你不會連改選日期都不知道吧？」

「今天。現在。正在改選。」看了手錶說：「通知寫七點半開會，現在都八點多了。哎，妳知道的，選舉嘛，不就是提名然後投票嗎，一下子就結束了，搞不好早就已經選完了。」心中盼望湖畔約會不要受到影響。

「走，我們趕去看看。」女友剛毅果斷，說走就走。

拗不過她，只好去看看再說，希望已經選完，看了一眼就能回來繼續約會。

位於圓廳三樓角落的新聞社燈火通明，裡面熱鬧無比、人聲鼎沸。

「選完了嗎？」滿心期盼。

「什麼，還沒選呢，誰叫大家姍姍來遲。」

完了，看起來今晚的約會泡湯，要在這裡耗上好一陣子了。

「各位，我有話說。」正要提名時，熱門人選之一舉手發言，大家以爲他要發表競選政見。

他站起身來，面帶微笑說：「嗯，告訴大家一個消息，我收到成績單，確定已經被退學了。」

社員齊驚！

什麼？眞的嗎？怎麼會這樣呢？你怎麼不趕快去找老師求情呀？說不定還來得及補救呢？訝異聲與關心聲此起彼落，喧鬧了一陣才回復平靜。

兩位熱門人選只剩一位，才剛提名，一位女社員舉手提出問題。

「聽說你要考轉學考，如果你考上了，怎麼履行社上的職務？你能不能先聲明如果當選就放棄轉學考？」

又是一陣騷動。

在眾人的矚目之下，當事人考慮了幾秒才說：「對不起，我不能。」

這下天下大亂，彷彿在教堂的婚禮儀式進行之中，神父依照慣例問新郎願不願意娶新娘爲妻，得到的答案竟然是不願意。

但改選還是要繼續。大家胡亂提名了一堆候選人，連資淺的我都有份，可見當時混亂的程度。

表決時，女友可不可以投票成了問題。

由於參加新聞社向來吃力不討好，因此願意去的就是社員，不必填報名表、不必交社費、也沒什麼審核程序。經過討論，女友可以投票。

經過第一輪投票，剩下兩人競爭。

第二輪投票結果，僅僅一票之差，人選誕生。

什麼？眞的嗎？怎麼會？居然是我當選總編輯！

「要求驗票！全面重選！」現場立刻爆出騷動。以上是二〇〇四總統大選當天泛藍群眾在競選總部對於投票結果的訴求。

奇怪，怎麼當時在新聞社沒人提出抗議？

沒人抗議，當選有效。

一時之間，腦中浮現自己身穿西裝坐上優勝者寶座的就職畫面。其實當校刊總編輯根本不必穿西裝，也沒什麼就職大典，眞是電影看太多了，才會在這時胡思亂想。

事後回想，這個機會彷彿是某立委大鬧緋聞時所說的一句名言：「天上掉下來的禮物」。

如果不是臨時決定出席、如果不是熱門人選意外無法參選、如果不是臨時的提名踴躍、如果不是多了女友一票，

不管怎麼樣，反正巧合連連，天上掉下來一個校刊總編輯被我撿到。

32 校刊　在全國比賽中奪獎

「什麼？你是新任的校刊總編輯？」系上同學知道後大感訝異。

「我看新聞社要倒了。」有人憂心忡忡。

別說他們吃驚，當事人其實也很意外。

在慌亂中產生的總編輯自然不會太被看好，但或許正是因爲面對來自社上與班上的普遍觀望，反而讓我這慵懶慣了的人間散仙，意外從心底湧起一股不願輕易認輸的旺盛企圖心。

套句曾經流行一時的本土電視劇的對白：「我不甲意輸的感覺。」

總編

早年血氣方剛，這股不喜歡輸的性情通常是用在鬥毆上，如今可算是用在正經用途。很多人都不喜歡輸的感覺，只是街頭少年激情於飆車與喋血上，電玩小子沉溺在線上與虛擬之間，如果都能有個適當的轉移機會，誰知道這股鬥志能發揮什麼成就？

原本就已經不太上課，上任以後幾乎沒有去過教室，早上十點半左右帶著兼具早餐與午餐功能的便當進到新聞社，凌晨才離開，甚至常常整夜守在社窩裡不回宿舍。社上有人時就一起討論要怎麼樣才能編出好刊物，人去窩空時就自己冥想或翻書尋求靈感，希望能做到每逢出刊，人人爭睹。

剛接任時還會因爲捨不得約會的美好氣氛，而在負責主持的重要「編前會議」中遲到許久，但很快就沉溺在新聞的戰役當中，幾乎以社爲家。

由於在新聞社的時間比在水保系的時間多，我常常開玩笑自稱就讀中興大學新聞系。內行人都知道，中興大學根本就沒有新聞系。亂報科系出於自以爲是的幽默，不過有人卻因此鬧過笑話。

政治大學有一年發生縱火案，校方立刻報警，警方趕來，旋即開始盤查附近的可疑份子，結果很快就抓到一名年輕的男性嫌犯。因爲當警察問這個男子在這裡做什麼，他自稱是政大學生。

「什麼系？」警察問。

「我，我是政大化學系。」他一答，立刻被捕，因爲政大根本沒有化學系。

我對外自稱興大新聞系，與這位標榜是政大化學系高材生的老兄可說是同曲異工而非異曲同工，起碼不會因此被捕。

以往總是抱怨我不跑社團又太過黏人的女友，在促成了這趟社團之旅後，反而爲了男友過分投入社團而連連發出牢騷。

誰不想去約會？但是幾十位校園記者正在四出挖掘秘辛、深入採訪，以便能動筆寫稿，而且眼看校刊已經編了一半，追趕著總是訂得太急迫的出刊時程，這些工程一開了頭就停不下來，這時怎麼能放手離開？

鬧到後來，幾次決意編完手上這期之後就立刻辭職不幹，走人大吉，寧可不愛校刊愛美人，重回單純的兩人世界，但女友又堅持不肯了。

新聞社採編的《興大新聞》歷史悠久，在此之前已經走過了十六個年頭，雖然定位爲報紙型態的校刊，但受限於經費不多以及人力有限，每期四版總計還不到兩萬個字。兩萬個字其實放不了多少新聞，如果減去專題版與文藝版，那麼兩個新聞版面剩不到一萬個字，只能放十幾則新聞故事。

除了新聞則數有限，內容不夠吸引人之外，編輯方針等內容取向也是一個要思考的問題。校刊因爲長期接受學校經費以及審稿，立場溫和而中庸，不時被批評爲官方傳聲筒，校內地位已經受到一些正在興起、勇於批評的地下刊物的強烈挑戰。

審稿問題比較簡單。過去學校行政人員雖有審稿之權，卻很少干涉，反而常耐心幫忙校稿。有沒有眞審是一回事，光是具有審的形式就不應該。形式有其意義，要不然孔子也不會說：「汝愛其羊，吾愛其禮。」古人堅持要祭神，今人堅持不審稿。經過爭取，學校讓步縮手，改由新聞社自聘學者曹定人與資深記者楊克華當指導老師。

字數與報導深度的問題，就必須擁有更寬廣美麗的版面，解決之道不是擴版就是增張，都要加錢，爲此只有到處去拉廣告，塡補每一期的一萬多元差額。校刊本來就容許廣告版面，經過討論之後，決定將佣金從廣告金額的一成五提高到三成，希望重賞之下必有勇夫。

剛開始學弟抱怨廣告不好拉，因此我親自出馬，想憑著自己高中當過週刊業務員的經驗，看看校刊拉廣告的問題在什麼地方。經過一番思考，考慮了幾類專門以學生爲主

要客戶之一的廠商之後，決定去爭取一家地點位於學校附近的汽車駕訓班。

「多少錢？」駕訓班老闆聽說來者不是要報名而是來拉廣告，臉上笑容頓時僵得只剩下最起碼的形式。

拿出校刊先說明了一下這份刊物的獨特性與重要性，再指出三批通欄的欄位大小給他看：「這樣一個欄位五千元。」

「什麼？這麼貴？」老闆吃了一驚。

「不會啦，一點都不貴，我們每期發行五千份，平均一份才一元，妳找人去派報也差不多是這個錢，而且派出去的傳單通常沒人看，不像登在校刊上一定會被看到。」

三批廣告的位置在版面正下方，面積可觀，位置搶眼，保證效果宏大，因此價格也不便宜。當然，也有擠在兩個版面中間折頁之處最容易被讀者忽略的中縫廣告，像名片大小的一小塊才五百元，但是那是留給小吃店小商家用的，面對駕訓班這種大客戶當然不提也罷。

比較分析完，看了一眼駕訓班張貼在牆上的促銷海報價格，充滿自信的提出補充：「老闆你也知道，很多大學生都想要學開車，你一個學員收六千多元，台中畢竟便宜，駕訓班才六千多元，台北就要九千多元，我猜想光是招收台北來台中念書的學生就一定有賣點，也划得來。登一則五千人看的廣告只要有兩個人來報名就回本了，而且中興大學想要學開車的學生，再怎麼樣也不會只有兩個人，起碼幾百個。」

「好吧。」老闆想了想，決定刊登。

拿出合約書笑著問：「登幾期？」心想出師大吉，立刻就拉到五千元廣告，就算只登一期，看起來下一期的差額已經有了一半。

「就登一年好了。」

什麼？一年？一嚇之下差點忘了怎麼計算一年八期的費用。

在凱旋而歸的路上，忽然想起來一個廣告可以抽三成佣金，五千元八期就是四萬，那麼，剛剛這三十分鐘的功夫豈不是在幫校刊拉到四萬元廣告的同時，也幫自己賺進了一萬兩千元？

天哪！這眞是一筆可觀的意外之財。

拉廣告雖然不總是這麼順利，但是在三成佣金的利誘之下，不少人投入，使得廣告量維持穩定增加，塡平了每個月的預算差額。有錢好辦事，校刊不只加大版面，還增張出刊。

除了版面，內容也開始改變，而且在改版之前就已經先開始改變，從讀者角度出發，探討學校老師與同學們感到興趣的話題、深入探討弊案，現在還記得的一些新聞報導如下：化學系館爲何頂樓只蓋了一半？原來是經費使用不當，居然樓蓋了一半錢就用完了。有一則新聞追查學校教職員宿舍被佔用情形，發現一些老舊宿舍遭到違規佔用。另一則新聞挖掘政黨爲何在大學校園裡擁有辦公室？報導後造成校園黨部撤出。還有一個報導預先公布學校有意對女生宿舍先拆後建，勢必造成宿舍不足，影響女同學住宿權益，引起住宿女同學高度關心。當時因標題內有「流離失所」四字，引起學校不滿，認爲是故意製造恐慌氣氛。

由於改版後的出刊壓力極重，採訪主任一度換人，前仆後繼，自己也累到去家教時居然睜著眼睛就說起了夢話，看著學生解題時突然失神、腦袋恍惚、兩眼未閉、已入夢境，朦朧中彷彿置身社上正在看版。

「這一版不能這樣編。」忽然脫口而出。

家教學生一愣，張大了嘴，以爲看到了老師被鬼附身。

還好努力帶來了豐碩的收穫，讀者支持度大爲提高。

在編輯方針改變之後不久，新聞社在學校布告欄貼出海報，內容是「再也看不到」，五個大字後接了一張《興大新聞》。很多人看到之後紛紛表示關心，都說校刊最近的報導很精采，怎麼以後看不到了？是不是學校終於施壓了？還有多位教授主動表示如果是經費問題，他們願意一起認捐。

結果都不是，其實海報眞正要說的是舊版的《興大新聞》看不到了，以後出刊的是全新擴版的《興大新聞》。這是大家精心設計的宣傳花招，引發的注意比起預期還熱烈，簡直應答無暇。

由於許多新聞都相當尖銳，學校訓導長一再點名約談，說校刊製造了校園不安，到最後連校長也決定辭去校刊發行人的名義。這是創刊以來從未有過的事情。對於校長的決定，新聞社成員從齊感訝異、予以尊重，到樂觀其成，同時也不忘以客觀角度把這件事情當作一則新聞來處理。

在胼手胝足的辛勤耕耘之下，即將卸任時佳音傳來，改版後的校刊在全國大專報紙評比賽中脫穎而出，擊敗了許多設有新聞科系、人力物力資源豐沛的大專院校實習刊物，也創下了《興大新聞》誕生十六年以來第一次在全國競賽中獲獎的紀錄。

因爲社團成就傑出，學校頒授我一枚象徵學生最高榮譽的獎章。

說起這枚獎章，學校通知時既高興又失望，高興的是獲得肯定，失望的是領不了獎，因爲全學年有一科不及格，恐怕無法通過校內審核，承辦人員也說成績不好只怕不容易獲得獎章，討論之後決定把機會轉讓給社長，不料社長聽了之後笑著說：「呵呵，你才一科不及格，告訴你，我有兩科不及格。」

頒獎典禮當天，特別借來一件大學服，以示鄭重，這是我大學生活四年唯一一次穿上大學服。

十多年後，打電話邀請一位知名人力銀行的總經理演講，女秘書聽到來電者自報姓名之後輕輕「咦」了一聲問：「你是不是當過中興大學的校刊總編輯？」原來是低幾屆的學妹，而且還不是新聞社員。很多大學生畢業以後連老師都忘了，沒想到還有人會記得校刊總編輯，眞讓人既意外又歡喜。

全國
獎狀

33 放話考台大　不怕鬧笑話

一年過去，總編輯任期屆滿。

曲終換新人，老手該走人。但要走去哪裡？

成天留在社團暢談國事指導新人嗎？

這可不是受歡迎的角色，更看不出具有什麼意義。

大四老骨頭常回社上雖然溫馨，卻非正途。總不能年紀輕輕就抱著大三的回憶度此殘生吧？

跑社團固然好，但只是好在可以學習一些課本上學不到的知識與技能，可惜有些人陷進去了就拔不出來。畢業後曾在無意間得到一個學長的消息。這個學長大學時是團康性社團的風雲人物，唱歌、帶團、架設燈光無一不通，萬能全才，威風無比，曾經迷倒過許多純情的小學妹。一個轉眼十幾年後，當初的小學妹之一，在一場公關活動中看到他，昔日學妹已成了負責這場活動的經理，一身套裝，光鮮亮麗，而當年學長則還在架設舞台燈光，以此維生，兩人聊不到幾句學長就被主管喚走急急忙忙去趕工。當然，架設舞台燈光沒什麼不好，畢竟是正當工作，但似乎也不算是社團領袖的好出路。

難道在社團之後不能再繼續成長？

「你們這些跑社團的都是不升學的。」拉廣告時一位升學補習班的負責人當面嘲笑，口氣十分篤定。

是嗎？這個問題一再浮起，引人反覆自問。

升學，升什麼學呢？就讀水保系，第一條想到的升學路自然是興大水保所。

不過看著三年來的課業荒廢，自問怎麼也拼不過班上那些用功學生，這些同學用功多年，現在還特地跑去補習，功力深厚。除了他們，系上還有多位雖曾落榜但仍有心重叩研究所窄門的學長姊，爭奪有限的名額。

過去因爲對系上功課沒興趣，只要拿到一張大學文憑，再隨便找工作，現在後悔功課稀爛稍微晚了點，看起來考不上興大水保所，徒嘆奈何！轉念忽然想：何不乾脆念個自己喜歡的學位？

不過要念什麼呢？而且要再重念一次大學？還是要直攻研究所？自己擅長社會科學，高中選組時糊裡糊塗，一時逞強選了自然組。現在已經念了三年的水保系，再回頭念大學會不會太晚？真要跨組考研究所，行嗎？

轉念一想，既然自己編出來的校刊可以擊敗新聞科系的對手，沒有理由在學業上競爭不過他們。因爲社團經驗，決定大膽去考新聞研究所。

在研究所才想轉換跑道，說起來輕鬆，做起來不容易。連各科系學生報考自家研究所都要面對慘烈競爭，更何況是撈過界的理工人？

當時台中沒有一家補習班針對新聞傳播研究所開班授徒，只好買書自己看。新聞所首推政大，必考科目包括新聞學與新聞史等專業科目，選考科目則是政治學、社會學、經濟學與心理學等四科選擇其一。

那幾年國內政局天崩地裂，國民黨內部許多政治次級團體紛紛成立，新國民黨連線的趙少康挑戰李登輝主席，集思會的黃主文等人擁護國民黨中央，雙方水火不容。至於成立不久的民進黨，隱然已經具有抗衡國民黨的實力。除了這兩大黨之外，還有朱高正離開民進黨後自行成立社民黨。政壇舞台上演員越來越多，每天都推出新劇碼、新話題，看得小老百姓眼花撩亂，非常引人關切，因此我決定選考政治學。

台大

大三升大四的暑假開始準備，自己買書來念。爲了省錢，買的還是二手書。念了一段時間，心意又變。

新聞學與新聞史沒有想像中的吸引人，而且內容的實用性也沒有預期中那麼高，反而是選考的政治學比較新鮮有趣。既然如此，乾脆改考政治所，去當政治線記者，而且心想要考就考最好的，一舉鎖定台大政治所。要準備的科目包括政治學、中國政治思想史、西洋政治思想史，另外還有國際公法、中國外交史、西洋外交史等科目，每一科都沒念過，完全從零開始。

考得上嗎？會不會到頭來只是白忙一場？

左思右慮，最後決定不想了，就算最後沒能考上，多看點書增加知識，應該不會是壞事。

中國人愛面子、講內斂，想考研究所或有什麼目標，通常不會先說，與其因爲最後沒做到而丟臉，不如默默進行，等達到目標之後再得意公布。這種心態有點怪，基本上就是怕漏氣。但是人們爲什麼要裝腔作勢怕漏氣？爲了表明決心，給自己增加壓力，寧可置之於死地而後生，毅然決然公開宣布要報考台大政治所。

「愛說笑。」系上同學聽了都搖搖頭認爲不可能，在他們看來，社團與升學本不相容，愛搞社團出風頭的，多數要賠上升學機會，更何況講大話的這個傢伙，大學成績不堪入目，早被認定是「混」字幫的幫眾，沒被退學已算運氣好，想報考自己系上的研究所都沒什麼指望，現在卻想直接跨組去考台大政治所，這無非是癡人說夢的笑話罷了。

有同學等著看笑話，也有同學雖不看好但是仍然提出勉勵。即便新聞社的夥伴也多觀望，社團前輩們當然大有順利升學者，但都是考上與原本科系相關的研究所，其他革命先烈們報考新聞所可沒有成功案例，歷史早已證明。

處在這種氣氛中，不服輸的脾氣再度湧上。

想要築夢，只能以行動證明。

這時周遭有志升學的同學們大多忙著補習，我拿不出補習費，還好那時台中不僅沒有針對新聞所的補習班，也沒有針對政治所的補習班，不必感嘆沒錢。

只能自己從頭念起，但又不能盲目瞎念，因此跨越半個台灣，跑到台大去查課表，利用上課時間觀察老師用什麼教科書，甚至厚著臉皮鼓足勇氣見人就問，舉凡上課學生、系上助教、授課老師都不放過，到處打聽出題老師會是誰，寫過什麼教科書，有沒有可供參考的上課筆記？

在這個時候，發生了另一起風波，促使自己對研究所考試更要全力以赴，背水一戰。

「咦，你視差五百多度呀，那豈不是不必當兵？」聊天時教官提起。

「有這種規定嗎？」

雖然國中曾光榮報考軍校，不過自從以大學新生身分上過成功嶺之後，對國軍的觀感已經完全改變。記得高中聽說有同學要靠著猛吃增胖來逃兵，心裡非常瞧不起這種不懂善盡國民義務的自食其胖者。搞什麼嘛，兩年當兵，不只是從軍報國，而且還可以鍛鍊體魄，有什麼不好？想逃兵？眞是懦夫一個！但是在成功嶺兩個月，發現軍隊不事訓練、教材八股，還遇到幾個學歷不高的班長，可能因爲自卑導致自大的心理，特別喜歡羞辱大專兵，動不動就公然拍打一個興大化學系瘦弱新生的腦袋殼。如果每個考上大學的菁英都要先過這一個變態關卡，不能強身反遭羞辱，看來國家也沒什麼希望了。還好班長只敢欺負一些看起來比較好欺負的新兵，我曾在兩個連的腕力友誼賽中勝出，換來班長的敬而遠之。

軍中看病也是一奇，進成功嶺後，頸背出現角質化的鱗片，多位軍醫看過都束手無策，只說麻煩難治，一拖再拖，症狀日益惡化，直到小兵都要解甲歸家了還是沒得治。

會不會是什麼當代醫學還不知道的新興絕症？頸背的鱗片增加蔓延以後，會不會害我變成新的「穿山甲人」？這麼一再耽擱，心裡擔心得要命，只期盼役期趕緊結束，快去尋求良醫。

回到家，老媽看到問說：「怎麼長了癬？」到西藥房買來藥膏，三天痊癒。

這次經驗勾起我一個回憶：有個國中同學說她父親本是獸醫轉軍醫，再從軍醫轉成一般的看診醫生。

經過這些事，只覺得當兵眞是對生命的最大浪費，眞慶幸當初去報考軍校沒有通

過。

以往只聽說太胖不必當兵、太高不必當兵、近視超過一千度不必當兵。長高沒辦法，變胖、變瞎我不要，從沒動過逃兵念頭，原來視差居然也行？

經過詳細考證，原來視差超過五百度不是不必當兵，仍然要服役，不過當的是與眾不同的國民兵，而且上過成功嶺也可以折抵，等於已當過兵。

這下太好了！但是又麻煩了，原本受傷帶來一點○與○點一的兩眼視差，在兵役體檢時被檢查人員故意記成○點八與○點三，那時不懂有什麼差別，所以懶得計較，現在眞相大白，事態嚴重。

說也奇怪，身高一百九十四公分的社團學弟去體檢時，檢查人員問他要不要當兵，得知不要，大筆一揮就幫他在書面資料上長高了一公分，達到一百九十五公分的免當兵標準。同樣都是體檢資料沒有據實填寫，怎麼有人扮鬼亂害、有人當神普渡？

再一追問，發現重新體檢很花時間，大四才去申請，多半等不到結果就要入伍去了。一旦當了人肉包子被龐大的軍隊體制吃到肚子裡，你想還有機會逃脫出來嗎？唉，多半比從獅子口中逃生還難了。

唯一生路，就是考上研究所，延長自己的申請時間。

考研究所的意義不再只是考研究所而已，還關係了要不要因「被奸所害」而冤枉入獄兩年，哦，不對，是當兵兩年。

34 從台中趕到台北旁聽

爲了考上，傻勁大起，針對教科書，決定問到一本就看一本，問到三本就看三本，連授課老師所寫的期刊論文也一起拿來讀，寧可多看不可漏看，還好各家之說的內容都有共通性，不會南轅北轍。

在求訪秘笈的過程中，固然尋得眞正的寶典，也遇過錯誤的訊息。到底孰眞孰假，都是許久以後才知道，當時只能廣泛參考，寧可看錯，不可放過。

最有趣的經驗是借到台大的「共筆」。

所謂「共筆」乃是「共同筆記」的簡稱，一個科目全班一起寫筆記，每堂課幾個人負責錄音謄寫，分工整裡，字句不漏，最後成爲一本集合各家筆法的手抄本完整筆記。現在電腦普遍，猜想如果有新的筆記應該改以電腦打字了。

這種筆記詳細到什麼程度，沒有看過的人很難想像。由於幾位台大教授講授的內容早已高度系統化，因此每個字都抄寫下來的共筆就宛如是一本可讀性很高的好書。

筆記除了教授傳授的珍貴學問與字字珠璣之外，連穿插的笑話也不放過，筆記以括弧加入寫著：（老師這時說了一個笑話。）笑話內容當然也記了下來，有時抄筆記的學生還會加入自己的評論意見寫著：（這個笑話不好笑。）甚至記下動作，例如在陳述中間穿插一個括弧說：（老師說到這裡暫停，拿起杯子喝了一口水。）或是（老師忽然咳

嗽，可能不小心感冒了。）少數同學趁機報仇，於是在筆記中也會出現：（某某同學今天上課在睡覺，睡容不雅。）或是（某同學今天的衣服眞是超醜，品味之差，令人搖頭。）

由於好的共同筆記會流傳多年，這些記載自然也一起保留了下來，做人失敗者的糗事自此流傳多年，直到共筆改版。

我幸運借到一本共筆，猜想是上一屆或上上一屆的遺愛，當進入教室展開筆記專心旁聽，赫然發現講台上西裝筆挺的老教授在上課時所講的內容，竟然和筆記上的字句一字不差，連喝水時間與笑話也幾乎沒有出入，讓人驚嘆不已。

資料找齊，開始動工。

加總了所有教科書的總頁數之後，再衡量倒數時間，訂下每天最少要看十個小時，每小時看懂二十頁的目標，希望按著這種進度，到考前最少看過五遍。第一遍讀概念，第二遍寫筆記，第三遍開始默背。

這種綜合式念法雖然多花很多時間，卻很有趣，可以因此加強記憶，也讓人大開眼界。

由於找來的資料極多，有些頗爲有趣，前所未聞。例如孫中山先生在廣州時期曾經寫信給美國總統，卻遭原封退回，理由是美國總統不能與「叛賊」通信，這些在外交史教科書中從未有人提起過。至於思想史，從先秦念到民國成立，同時從希臘念到美國開國，後來發現念過頭，台大教授的正常上課進度才到漢代與羅馬而已。關於思想史，眞是無比引人深思，在閱讀中常常從心中湧出感動。以前念到這些中外古聖先賢的言談文章，總是側重隻言片語，現在從他們的思想核心切入，就像是摸大象的瞎子忽然開了眼，終於看清了這頭害他被千萬人嘲笑的死大象。

國中就念過楊朱的「拔一毛而利天下，不爲也。」一直不懂爲什麼會有人提出這種自私言語，而今了解其中道理：如果人人自私，不肯幫人，那麼大規模的戰爭就不會存在，因爲人人自私就沒人會願意幫別人賣命，因此天下得享安平，最多只會有一對一的小單挑而已。雖是空想，不無道理。

有些篇章第一遍不懂，多看幾遍之後才能豁然暢通；少數關鍵眞不明白，只好找時間去旁聽——清早五點起床，五點半搭上火車，九點趕到台北，九點半衝進台大教室，利用下課時請教問題，中午旁聽完再趕回台中讀書。

來回車程中，自然又看了不少書。

讀第一遍時畫過重點，讀第二遍時再畫一次，並且騰出時間按章分節用自己的話寫下摘要，重點條列。每科都有筆記，複習先看教科書再默背摘要內容。

其間讀書有感，第一次寫評論投書《中國時報》，就被選爲評論版頭條，全文洋洋灑灑一千多字，內容首先引述西洋政治思想對民主的基本觀念，其次批評當前選舉因爲太過耗費，已經變成了有錢人的砸錢遊戲，於是名爲人民做主的國家，其實卻是財閥做主，最後提出政策建議：嚴格限定競選經費的上限，違者重懲，甚至取消資格，這樣才能使參選資格真正普及，而且從誰最能妥善運用有限費用來宣傳理念這一點上，也可以看出候選人的真實能力。登載日期恰在生日當天，彷彿是送來一個好兆頭當禮物。

十個月說短不短，說長卻迅速溜過，時間在一轉眼間如風飄走。到了研究所考試登場時，手邊教科書的邊頁都已被翻到泛黃，至於每科筆記的複習次數更已超過原本預期，幾乎可以閉上眼睛就順口默背自己所寫的摘要。

「聽說榜單已經貼出來了。」研究所考完試幾天的一個傍晚，女友說起。她也報考了台大農藝所生物統計組，按實力應該可以考上研究所，所以急著看榜。

「嗯。」兩人都考台大，但情況不同，雖然考試當天已充分發揮，一顆心還是偷偷顫抖。

你知道自己表現得還不錯，但不知道來自台大、師大、中山、政大、東吳、東海、文化等校政治系的其他考生表現如何。

或許更好。

多半更好。

「我要打電話請學長幫忙看榜喔。」女友拿起電話撥號。她早幾天已經聯絡好這檔事了。

說不出話。什麼叫既期待又怕受傷害，此刻最有體會。當此時刻，心臟跳動的加速度簡直每秒七下，一下快似一下，「嫠嫠，嫠嫠！」好奇身邊的人是不是也能聽到這誇張的心跳聲。

「學長嗎？對，想請你幫我看榜。」糟了，電話怎麼立刻就接通了。

台大農藝所的榜單上當然有女友名字，一眼就看到，不算意外。她本來聯考就有台大的實力，表現失常才來這裡，大學四年一直是用功念書的好學生。

她上榜了，我呢？

學長受託又去看榜。過了不久，女友再次去電，還是立刻就接通了。

沒、沒上嗎？想問卻不敢問。

女友握住話筒也沒有說話。

心臟已經跳到了胸腔口，隨時就要脫口而出了。

「啊？」女友發出了聲音。

啊什麼啊，沒上嗎？唉，台大政治所果然不好考，這美好的仗已經打過，也只能這樣了。說時遲，那時快，在這十分之一秒內，千百思緒擠入腦海中，翻騰洶湧。女友轉過頭來說：「你考上了，第三名！」

啊？

居然考上了？

考上了，考上了，考上了……

思緒飄出，連腦一起帶走，頭殼剩下一片空白，全身血液從成千上萬的大動脈、中動脈、小血管、微血管一起湧進頭部，整個世界轉了起來天旋地搖。十個月來的努力與緊繃，在這一刻才告散功，全身乏力、兩腿酸軟、膝蓋發抖癱坐下來。

大學聯考放榜時，得知要到中興大學報到，所有學子都曾夢想過的椰林大道景象便開始如雲煙散逸一般，逐漸模糊散去，心裡只能黯然地向無緣的台大母校揮別。誰知道四年後竟從自然組跳到社會組，應屆考上了台大政治所。

昔日隨風飄散的椰林大道景象，如今再度凝聚出現在眼前，而且從虛幻變成了眞實。因爲相信有夢最美，築夢踏實，才得以爲自己寫下一頁傳奇，跨組考上台大研究所。

35 月薪五千元 負債兩百萬

考上研究所隔天一早，直奔學校行政大樓，想確定自己能不能畢業。

不知道自己修的學分夠嗎？

大四下雖然已經算過，但是此刻考上研究所忽然又心生疑慮。

會不會算錯呢？

畢竟自己算的不算數，還是要學校說了才算數，萬一因學分不足畢不了業而喪失台大入學資格，笑話可就鬧大了。

所幸只是自己嚇自己。

考上台大政治所的消息傳出，眾人無不稱奇，同系的幾位好友特來祝賀，我則是謙虛的說：「誰叫我大學四年不用功，考不上興大水保所，只好去擠台大政治所。」

緊接著的第二件事是找工作。

學校九月開學，七月我已經先前往台大法學院旁的立法院報到，當起了國會助理。

「你的希望待遇是多少？」面試時資深助理問，因爲履歷表上留白。

剛剛介紹的工作內容是幫忙找到法案資料，以及分析過民眾的陳情案之後寫出質詢稿，每星期最少要兩篇。心裡快速盤算了一下，找資料花不了多少時間，寫稿更不是問題，應該花不了多少時間，如果這樣，答案是：「五千元。」

「這麼少，只要五千元？」資深助理把眼鏡推高笑著問。

「是的。」每個月交八篇稿，外加找點資料，這種不必上班的工作，五千元薪水就夠了。反正現在住家裡，不必繳房租，開學後研究生每個月都可以領到助學金，加起來快一萬元應該夠生活。

面試完與其他應徵者一起步出「青島二館」，立法委員的辦公大樓之一。裡頭冷氣涼颼颼，外頭太陽曬昏頭。

為民喉舌
立法委員

眾應徵者在門口禮貌性道別時，一位年紀稍長的應徵者擺出前輩的身分好意傳授：「你是第一次應徵助理嗎？寄了幾家？才一家怎麼夠？多寄幾個地方，通常應徵被錄取的機率只有十分之一。」

偏偏只寄了一家者剛好就是那十分之一。

幾天後接到第二次面試通知，立委親自面試。

這位正當壯年的立委在國會評鑑中的排名不是第一就是第二，形象清新、鋒頭鼎盛，報紙上三天兩頭都是有關他的消息與動向。

進到不大的辦公室，他站起來主動伸手相握，勁道清楚傳達出堅強的個性。

面試時間多數是他拿著履歷表邊看邊問，順便聊聊這些經歷。

「大學當過校刊總編輯？不簡單。」接著又說：「從水保系應屆考上台大政治所？

很厲害呀。」

低頭看著履歷表的他，忽然抬起頭笑得瞇了眼。

「你還當過計程車司機與搬家工人？」

如果你也看到那笑，就知道錄取有望。

「你被錄取了，明天早上到辦公室來報到。」三天後得到通知。

爲什麼脫穎而出獲得錄取？

台大政治所研究生、大學校刊總編輯，這些都是原因，計程車司機與搬家工人可能更有加分效果，試問歷年來的台大政治所研究生有幾個人會有這種特殊的經歷？

不過資深助理笑著說：「薪水應該更是關鍵。」

不管薪水是不是關鍵，都是一場美麗的誤會。

「暑假上全天班，開學後有課就去上課。」報到時資深助理說。上班？

忽然想起面試時資深助理只說工作內容是找資料與寫質詢稿，從來沒說不必上班。因爲從來沒有不必上班的國會助理，在這個圈圈裡人人皆知，可能只有剛從台中來的土包子才會搞不清楚狀況，於是開了一個遠低於正常行情的待遇。

事到如今怎麼辦？

算了，學習機會難得，先做做看再說吧。

他們猜想這小子大概家裡有錢，才會只要五千元，如此不在乎薪水，可能純粹想來立法院見習一番罷了。

家裡果然有錢，有一大筆欠著的錢。

幾天後發現，小雜貨店關門的這幾年下來，家裡已經積欠了兩百萬債務。

這筆數目，恰好是傳說中出國留學所需的費用。

本來以爲這種兩百萬留學的美夢離自己很遠，誰知道忽然之間，我也有了兩百萬，只是前面多了一個討人厭的「負號」。

聽說有人台大畢業出國，有人逢甲畢業出國，還有人五專畢業出國；有的人是成績優異當然要光榮出國，有的人卻是在台灣考不上研究所只好花錢出國，反正出國前的等級雖然不同，等到回國就都一樣了，都是歸國學人、留美碩士。

只要兩百萬，許你一個未來。

但要先有兩百萬，而且絕對不能是負兩百萬。

那時銀行利率百分之十三，每年光是利息就要二十幾萬，因此每個月所償還的兩萬元之中，九成多付了利息，本金不動如山。

幾年後，那些出國留學的人花光了兩百萬後取得學位回國，相較之下，我這邊這個有負號的兩百萬卻依然完好的存在。

36 利用看報 重新學英文

墨黑如漆的夜色覆蓋著大地，萬家燈火早已逐漸滅去，只剩殘星點點。從渺不可見的無垠高空向下鳥瞰，在市區的一棟棟高樓公寓裡，另有一大片的低矮房舍，格外搶眼。

這片房舍是銘德新村。

銘德新村本來座落於田野之中，時光荏苒，原有的荒草與稻田陸續被新蓋的屋樓取代，包圍著已經老舊但名稱永遠不變的新村。

凌晨三點，多數人家早已躺下睡熟。路口三角窗的新豆漿店還要再過一個小時才會起身張羅美味的吃食。在這時刻，整個銘德新村安享濃濃的美夢。

只有一片老舊的鐵門還從接合的隙縫裡隱隱透出燈光。

鐵門前掛著兩具公共電話。

三十幾年前公共電話剛裝上時，嘉惠了許多家裡沒電話的居民，如今，只有家中電話壞掉、不方便在家打電話、或是路人會來光顧。新莊人口越來越多、新蓋大樓越來越高，當年的銘德路如今已經被貶爲了銘德街，就連公共電話自身也替換了幾個世代，但是它們依然在此盡忠職守，牽起整個世界。

這段時間以來，兩具電話默默傾聽了門前門後的百般人生。

每逢傍晚時分，常有一些青少年拿著別人的畢業紀念冊前來，一頁頁翻，只要看到漂亮的女生照片，就照著上面的聯絡電話打去聊天。

「妳好漂亮，一起去看電影好不好？」發語詞不外乎如此。

如果對方願意多聊兩句，這些人第二次再打去馬上就親熱的叫起：「老婆，有沒有想我？」

電話另一頭有假老婆，也有眞老婆。

「妳不要管我是誰，這不重要，嘿嘿嘿，我打電話來只是想跟妳說，妳的寶貝老公現在人在哪裡。」一個說著台灣國語，發音高亢略帶鼻音的女子，對著話筒冷笑：「嘿嘿嘿，信不信隨便妳，反正我告訴妳，妳老公正在賓館，跟一個狐狸精一起。」

打電話的女子是誰？到底是什麼用意？電話那頭聽了怎麼反應？這通電話又引起了什麼家庭風暴？在在讓人好奇。可惜，這是很難知道續集要演什麼的眞實戲劇。

如今夜闌人寂，小街淨空，只剩面容慘白的柏油路面守著昏暗的路燈。於是聽多了思念與八卦的公共電話也樂得休息。

聽慣了種種八卦話題的公共電話清楚知道，儘管鐵門外的閒雜人等各已歸去，然而，鐵門後頭還有人正在埋首苦讀，把握分分秒秒，追求不同人生。

十幾年前，鐵門後面曾經擺滿南北雜貨，如今只剩空曠店面與殘存木桌。

A
B
C
a
b
c
China Post

木桌上擺滿了書籍，但是幾個小時下來，我卻念不了幾頁。

每天一早就去上班，下午一點多急忙離開辦公室跑步去上課，進教室時往往已經遲了十幾分鐘。

盛夏正午暑氣逼人，沿著濟南路的跑百公尺距離已經足以沁出一身薄汗。教室裡雖然涼了一些，但是比起辦公室的冷氣房還是悶熱許多，坐在裡面頓感渾身燥熱，過了一會兒靜下心來，又感昏昏欲睡，兩個小時聽到的多，聽懂的少。

那時還有家教，因此下班回家之後，晚上還要趕去附近住戶家中賺外快，等到終於返家有時間坐下來看書時，已經是夜深時分。

平均一天要看五十頁的原文書，書本用語相當艱深，其中有一本的開頭第一個句子，足足就爬行了十幾行才肯吐出句點，講些什麼，實在難以理解。除了用語與文句相當艱難，還有許多穿插其中、字典查不到的專業術

語，這些對於不是政治系正科班畢業的研究生而言，簡直是在念書這條路上故意跑來擋路的大石頭。

上課沒什麼聽，累得精神不濟，看了良久還是看不懂。朦朧間，忽然覺得在原文書上的不是英文，而是一條條到處亂爬的小蚯蚓。

念得辛苦，英文不好是一大關鍵。雖然跨過研究所的入學門檻，不過入學考試中成績最差的就是英文。

這時候怪罪以前的英文老師或是空知嘆氣後悔，似乎沒什麼用。想起大四已念了一些英文但仍不夠，唯今之計，只有從頭念起。

補習？

沒錢。

甚至連時間也沒有。

左思右想，決定採用最生活化的方式來學習——看報紙學英文。

連原文課本都看不完，還要多花時間去看英文報紙，豈不是自找苦吃？

反正每天都要看報紙以了解時事，乾脆利用這些時間看英文報紙《中國郵報》（*China Post*），一舉兩得。

最初比較累，一則新聞報導要花去一個小時才能看完，但還是堅持貫徹英文改善計畫，每天都要看懂所有新聞才行。慢慢習慣了，看報紙也順暢許多，再去借音標教學錄音帶，矯正一開口就被嘲笑的基本發音，一邊看還一邊用英文自己跟自己討論新聞內容，如果有人路過看到一定會以爲是遇到了瘋子。

進步一點之後，只要有機會遇到外國人能聊就聊，不怕漏氣敢說敢講才能進步，不是嗎？

「你好厲害，和老外聊這麼久，他跟你說些什麼？」有人問。

「其實我不太知道他在說什麼，一大半都聽不懂，反正針對聽懂的聊，聽不懂的就跳過去，當作沒聽到。」

「當作沒聽到，這樣行嗎？」

「怎麼不行？反正如果重要，對方就會再問一次。」

三年下來，看英文報紙已經和看中文報紙一樣簡單迅速。

看遍了一千多個日子，每天三大張、一張十二版，包括新聞、圖說、漫畫、評論、廣告、小啓等所有內容。看多說多，自然也聽得懂。一日在不經意間發現可以輕鬆聽懂新聞英文，總算小有所成。幾年後前往美國生活，更是一點適應困難也沒有。

英文漸入佳境，課業大有起色。由於在研究所一年級與二年級的課堂表現迥然不同，台大政治所的石教授曾形容幾乎是換了一個人。

以生活化方式學英文十分有趣，不像學校教的英文是考試英文，總愛教一些老外都沒學過的文法，結果不只搞得多數學生看了就怕，而且教出來的學生多半只能考試而不能開口，不知道這種英文學來幹什麼？

你可能會說國語、台語、客語，甚至原住民語，通順流利，說唱都行，但是對這些從小說慣了的語言，你清楚其中的文法嗎？主詞、受詞、動詞、助詞、代名詞、代詞性助詞、副詞、語助詞、連接詞、子句、倒裝句、疑問句，……族繁不及備載，但是都不懂也不會有什麼阻礙。

如果母語不學文法就能學好，爲什麼英語就要學文法？語言是拿來用的，不是拿來考的。幫幫忙，饒了全台灣的無辜學生吧，英語文法留給那些未來有意去念英美文學的學生就行了。

37 考博士班 只剩一個月

在政治圈工作期間，由於幾位部長級政治明星的錯愛與提拔，意外得到十分難得的歷練機會，二十五歲就當上了主管與黨魁機要，全權負責所有立法委員提名的幕僚作業，成爲當紅的政壇童子軍。

新職務提供了擠身權力核心的機會，因而得以聽聞這些政治領袖交換彼此對於國家大事的精闢看法，大增見聞；在這裡還認識了許多有趣的傳奇人物，連當年蔣介石身旁「十三太保」、前南京市長滕傑的後人都有，讓人得以親身領略歷史的精采。

職務升遷，薪水當然也隨之大幅增長，在短短的三年之內三度獲得調薪。大概是一開始的薪資水準太低了，讓調薪幅度看起來不免有點誇張，分別是百分之一百六十、百分之三百、百分之一百八十。

職場順遂，差點忘了自己還沒畢業。

「你碩士班的修業年限只剩半年，論文寫得怎麼樣了？」朋友有天閒聊時好奇問起。

「論文？我連指導教授都還沒找。」嚇出一身汗。

雖然還沒找，好在早有預設的指導教授人選。

「我下個月要去大陸進行學術交流，你要不要一起來？」碰巧心目中的指導教授石老師來電問起。

欣然應允。這是我第一次去北京，順便思考要拿什麼題目寫碩士論文。

在北京住了十幾天，一切順利，論文題目也已想好，準備回台就開始把握剩下不多的時間，趕工撰寫碩士論文。偏偏就在距離起程回台的前兩天，全身上下所有重要文件，包括護照、台胞證、機票等，全部沒了蹤影。

旅行社的人只說事情不妙，因爲據傳補辦手續要好幾天。

這下完了。

「補辦證件一定要兩個星期的時間。」櫃檯後面的女同志堅定表示。

「但是我明天就要回台灣呀。」

「我不管這個，反正就是要兩個星期。」

這麼一來，豈不是要獨自一人流落在這裡？影響論文進度不說，萬一連累了老師的原訂行程，那就更加罪過了。

好心陪同前來的兩位大陸地陪人員出面幫忙交涉，折騰了半個小時說：「看起來沒辦法了。」告退轉身離去。

連他們都覺得辦不到，看來眞的沒輒了。

但我就是不死心。

不就是補發證件而已嗎？貼了相片、打好文字，送出公文，跑跑流程，逐級同意，層層簽名，最後再蓋上個大鋼印，這些動作花不了多少時間。根據幾年來在立法院服務以及與政府部門打交道的經驗，我知道只要承辦人員願意，一定能夠辦得到。

關鍵在於願不願意。

好說歹說，只要承辦人手上沒業務忙，我就上前努力的說。

「唉呀，你這人，到底有完沒完？」一個多小時後，承辦人快抓狂了。

我還是彬彬有禮繼續勸說。

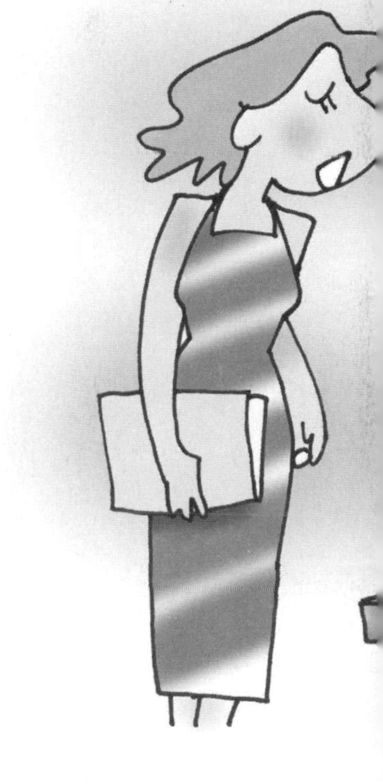

「我眞的沒辦法。」又過了大半個小時，她終於搖頭嘆息，把我招過去壓低聲音洩漏秘密：「除非你去找處長，叫他給你辦。」

「我怎麼找處長？」果然找到一線曙光，證明事在人爲。

「他在樓上，你不能上去。等一會他得下來，我偷偷告訴你。」

等了宛如二十幾個小時的二十幾分鐘之後，承辦人對我努努嘴，暗示我現在剛走下來這位一頭白髮、制服筆挺的高瘦男子就是了。

「處長。」我攔了上去，把遺失證件的情況說了一遍。

處長聽完，想了一想說：「既然是台大來的學術交流團，那單純些，行，你找接待的單位給你開張證明來，我讓他們三天給你辦好。」說完準備離去。

「但是處長，我們一行人預定搭明天下午的飛機回台灣。」還繼續攔路。

沒有想到居然有人這麼敢提要求，處長瞪著我，過了兩秒才說：「有你的。快把證明開好，明天一早來吧。」

回到台灣立刻投入碩士論文撰寫，完成時已是人間四月天。

許多朋友都以爲在政治圈如魚得水的我樂在其中，卻沒料到這麼長的一段時間以來，看得越多就越對政治失去興趣。反倒是埋首書海，撰寫碩士論文的那幾天讓人感到十分充實。

照理說政治是一切改革的基礎，需要充足的選票作爲後盾，但是選票越多，許多政治人物就會偏離理想越遠。這眞是弔詭，不是嗎？「權力使人腐化，絕對的權力使人絕對的腐化。」英國歷史學家艾克頓爵士早有明言。

到學校遞送論文，辦理離校手續時，一眼看見政大博士班的招生通告。

當下決定去考博士班，跳出政治圈。

但這時距離入學考只剩一個多月的時間。

時間夠嗎？要不要先好好準備，等明年再來考？

可是這次難道就這麼放棄？

不放棄就有希望，不如把握僅有的時間，當作是一百公尺衝刺，至於能不能考上，就像徐志摩所說的：「得之，我幸；不得，我命。」

心意已定，每天下班苦讀。在這時候，過去幾年念書時辛苦整理出來的精華筆記，總算派上了用場，讓我得以迅速溫故知新。

時間匆匆逃去，轉瞬來到考期已屆，自以爲經過了三十幾天的半閉關式勤奮修練，戰鬥力已經上升到空前未有的境界。

考試當天，烈日罩頂，進入考場看到其他考生，心中不禁涼了一半。

只錄取五個名額，考生卻坐了滿滿的一個教室。

人多不要緊，讓人透體冰涼的是看到來的是一些什麼人——這邊幾位都是我研究所的同學，尤其那邊那一位戴著厚重眼鏡，最後關頭仍在低頭看書的書生，過去幾年來每天一定都到圖書館看書，直至深夜才回宿舍，而且還會繼續念。

正忙著聊天的另一位同學周旋於眾人之間，熱情幫著介紹：「這個學長你在學校時應該見過吧？他高我們一屆，認識吧？」轉身指指另一位穿著西服的紳士又說：「這個學長一定要介紹，他高我們三屆，拿到碩士那年就考上了公務人員二級高考，現在是行政院的高官，大家以後在官場都要靠他提拔了。」那位學長正謙稱學弟太愛說笑，門口進來了一位面目清秀、長相姣好，身高卻接近一百八十公分的女子。長袖善舞的同學立刻迎上前去招呼說：「學姊，妳也來了？」轉過身來趕忙向大家爆料：「這位學姊剛剛才連登雙榜，同一時間考上了外交特考與公費留學。」

已經這麼厲害，居然還來這裡想要三元開泰？

單單是直接與間接認識的幾個已經這麼神奇，其他那些不認識的更不知有些什麼驚世駭俗的背景。

更何況，除了年紀相近的競爭者以外，另有幾位白髮或禿頂的武林耆老，各自安坐在自己的座位上沉默不語、面露微笑，顯得高深莫測、胸有成竹，猜不透他們是來自何方的前輩高人，居然願意重新

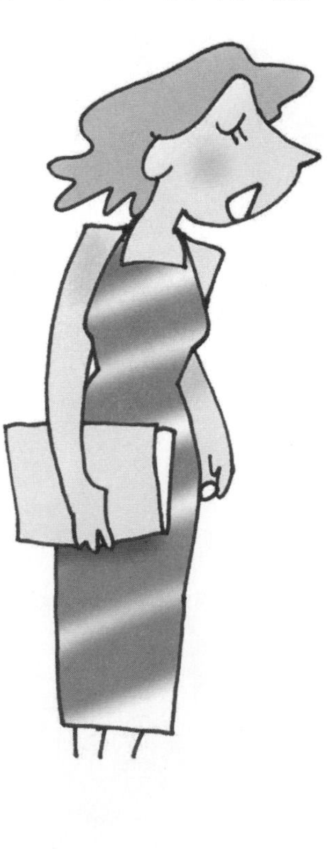

出山角逐江湖擂臺。

忽然覺得自己是來陪考，白白浪費這一個多月的衝刺與報名費。

西諺有云：「凡走過必留下足跡。」經此一役，或許明年捲土重來，或許知難而退再也不來。不管怎麼樣，自己總算見識過博士班入學考試的慘烈與悲壯，再說，這段時間著實溫習了不少書，不算白走一遭。

放榜當天，我懷著見證歷史的心情去看榜，紀念自己曾打過這美好的一仗，卻看到自己的名字在榜上……。

38 在飛碟電台 遇見張惠妹

一九九八年一月，傍晚六點多。

位於苓雅區的高雄市中正體育場，早已擠爆了熱情的年輕男女，受到他們的感染，鄰近的氣溫足足拉高了好幾度。

活動七點半才正式開始，不過這些忠實的支持者可等不及了，有些人一早就來排隊守候，只希望佔到一個好位子。今晚售票是分區不劃位，早點進去就可以先挑地盤。門票從三百元起跳、最貴的要一千六百元，價格不便宜，但是從現場湧進的人潮來看，票

價阻止不了這群人的熱情。據說還有人在前幾天已經特地搭飛機去台北聽過了第一場，今晚還要再聽一次。

這是「『妹』力四射」演唱會。大批歌迷滿心期盼能夠親眼看到張惠妹。

舞台上的布幕後面，有個神秘男子正看著台下的萬頭鑽動，在這個時候，他的腦中飛快模擬了一遍等一下將會發生的事情，希望這次的秘密任務能夠依照計畫順利完成。

隨著時間越來越接近，仰頸企盼的數萬群眾更顯焦急，情緒像是隨時都會引爆的巨大炸彈。

當擴音器開始傳出講話的聲音，現場立刻爆出了一陣瘋狂的歡呼。

首先登上舞台的是于美人與侯昌明兩位飛碟聯播網的ＤＪ，他們透過電話，與目前人在台北、正在播音室中主持節目的另兩位飛碟聯播網ＤＪ陶晶瑩與黃子佼進行空中連線，爲今晚的演唱會暖場。空中暖場的新鮮感，適時抓住了歌迷的注意力，直到阿妹終於出場，氣氛一舉衝上了最高點。

一切都按劇本演出，在四位名嘴的持續撥弄下，歌迷情緒飆漲。

張惠妹一出場，現場陷入瘋狂。

一直躲在幕後的神秘男子鬆了一口氣，慶幸沒人發現暖場的秘密。

這次暖場是由飛碟聯播網安排，幕後負責的人正是我。

爲了炒熱氣氛，剛剛的暖場其實暗藏了一點小把戲，一開始提出時有些人反對，擔心會有風險，還好最後沒有出狀況。

對了，我爲什麼會站在張惠妹的舞台上，說來話長，但可長話短說。決定離開政壇後，還來不及去博士班報到，就被請到飛碟聯播網擔任董事長特別助理，撰寫營運計畫，並且督導當時主管出缺的行銷企劃部。早在飛碟電台申請成立時，我就曾參與一些作業，當時的電台名稱是「新希望」，後來才改名飛碟電台，然後又進一步成了飛碟聯播網。飛碟電台的董事長是趙少康，董事包括了豐華唱片已故老闆彭國華及其夫人綜藝大姊大張小燕。豐華唱片爲了籌辦正在竄紅的原住民歌手張惠妹個人演唱會，特地拉著新成立的飛碟聯播網聯

手合作，相互宣傳，因此這天晚上我才有機會站上大舞台，近距離聆聽天后的歌聲。

那段時間常在電台遇見張惠妹，她曾穿著一身牛仔褲便裝，加上一頂深色的棒球帽，帽沿下壓，遮掩住和藹可親、青春含笑的嬌美臉龐。她站在公布欄前面看剪報，從背影看起來，簡直是個平凡無奇的小男生，很難想像這就是阿妹，當她站上舞台，嘶啞嗓音所散發出來的魔力，可以一次又一次溶化千萬歌迷已經沸騰的心。

在演唱會幫著空中暖場的陶晶瑩與黃子佼，在娛樂圈各有一片天，總是在螢光幕上談笑風生，不過私底下的眞實性格迥然不同。黃子佼不上節目時非常安靜內向，總是默默坐在電台企製的座位上；相較之下，陶晶瑩上不上節目都同樣活潑愛聊。

陶晶瑩當廣播DJ總是想到什麼就聊什麼，十分灑脫隨性。有一晚正在主持節目時，她天馬行空飛出一句：「各位聽眾，我忽然想到最近發現了一個秘密，就是我們電台的董事長特別助理長得很像維尼熊。」當場笑翻一堆企製。

陶晶瑩是陳水扁的支持者，有一天聊起第二屆台北市長大選。

「我知道妳挺扁的。」我對陶晶瑩說。

陶晶瑩低頭看了一眼自己的胸部然後抬起頭，一臉正經的問說：「雖然說不是很大，但也不算挺扁的吧？」引來眾人大笑。

行銷企劃部的任務之一是幫助電台持續曝光，最常用的手法是新聞發布。發出的新聞稿平均一個星期可以見報二至三次，每次最少有三家報紙刊登。

《中國時報》的記者朋友王蓉曾經半開玩笑抱怨說：「幫你們寫了這麼多新聞，其他電台都說我偏心。眞是的，你們能不能稍微克制一點，不要創造出這麼多精彩有趣的話題？」

最難忘的一則新聞是關於大園空難。

悲劇發生後，許多節目都談起這個悲劇。當時蘇來與張天倫在節目中有個單元介紹「歷史上的今天」，提到二十年前緊鄰大園的林口也曾發生空難，不但地點緊鄰，空難發生的時間也很接近。開放call in後，一名男子開頭就說：「聽到你們的節目讓我心情非常激動，因爲我就是二十年前那場空難的倖存者。」蘇來大驚，連忙追問。

男子說：「那次空難我大難不死，可是我姊姊卻不幸遇難。其實本來死的人應該是我，因爲飛機下降時，姊姊說：『我想看台北市的夜景，你跟我換位子好不好？』我的個性很任性，本來不會答應，那天不知道爲什麼卻答應了。位子剛換不久，空難就發生了，飛機裂成好幾段，我看著姊姊連人帶椅摔到飛機外面。早知道，當初就不要答應和她換座位。」話沒說完，已經哽咽。節目剛完，《民生報》記者歐銀釧就來電要側錄帶。這個故事寫成新聞稿後，隔天又成爲各家報紙上最令人動容的新聞。

當時一項大學生的調查顯示：光禹與朱衛茵分別是最受學生歡迎的男、女節目主持人。大學生的調查數據通常沒有什麼新聞價值，而且光禹多次被封爲電台情人，他上榜不算稀奇，反倒是朱衛茵的支持度逼近光禹，隱約可以嗅出一點新聞價值。

鎖定這個焦點的新聞稿發出後，幾大報都捧場登出。

晚上光禹進電台看到剪報一臉疑惑：「奇怪，怎麼都是強調朱衛茵？」

站在一旁，眞不知該怎麼解釋。想起每次一起去復興南路吃宵夜，光禹總是搶著付錢，更感不好意思。當然，要說請吃飯，最有誠意的自然是陳鴻，經常親自下廚請大家享用，地點就在他那裝潢別致、頗有密宗味道的空中花園之家。

飛碟聯播網的名嘴都常出書，從贈書方式也可看出每個人性格的差異。

黃子佼在公布欄貼了一張白紙，電台同仁有意索書，不管是主持人、企製或工讀生，署名即送，附加親筆簽名，最爲大方。

光禹次之，看人送書，只要交情夠，他就會親自簽名主動送上一本。他在一本書中自剖感情世界，書後又稱說是他人故事。書裡提到有位「總經理特別助理」幫忙協調主角與女友的感情糾紛，其實那人正是我這個「董事長特別助理」。書中故事眞眞假假、虛虛實實，寫來一氣呵成，不愧是文壇名筆。

陶晶瑩最經典，有個企製去找她要書。

「幹嘛跟我要，一本又沒多少錢，不會自己去買喔？」

陶晶瑩快人快語的風格最是直接坦白，簡單一句話就謝絕了其他想來索討免費書刊的飛碟人。

在眾人的努力之下，飛碟聯播網的收聽率一飛沖天，爲台灣廣播史寫下一頁佳話；我則告別飛碟，飛到了太平洋另一端的美國。爲什麼我會前往美國，那是另一段愛情的故事了。然而，就在我旅居美國的半年期間，一向平靜的寶島卻接連發生幾樁讓我永生難忘的事，一開始是九二一大地震，許多人在一夜之間失去摯愛；然後是好友殷盼已久的新生胎兒，在迎向人世的最後幾秒鐘卻因難產而必須承擔一輩子的苦難；接下來的事件讓我中止了美國生活，飛回台灣，因爲身體一向健康的老媽生了病。

39 病床旁　寫完博士論文

我站在窗口，看著大樓外頭。

多年後重回這裡，往昔的荒涼景象已不可復見，如今滿眼都是嶄新的高樓，至於舊日的阡陌也已換成了柏油鋪成的通衢，輸送源源不絕的匆促車潮。

但當年的大水池還在。

這裡是林口長庚醫院。

中午沿著湖邊散步時，忽然想起幼時來探望住院的老爸，因貪玩亂跑，差點在此溺水，隨口提起。

「眞是恐怖，你別再說了，我聽了非常擔心。」老媽聽說兒子曾經失足跌落一旁的水池，思之心驚。儘管這是二十多年前的陳年舊事，而且當時的幼兒如今已然長成，現正站在身邊。

水池邊的青綠草地上，稀疏地散布著幾叢低矮的綠葉。一叢綠草中長出一桿纖細窈窕的淺綠色植株，上頭還頂著一顆白絨絨的圓形小球，甚是討喜可愛。風起。

草葉輕擺，綠桿搖曳。

彷彿是爲了唱和，小小的白毛球忽地散成了千百根飛羽，各自踩著九天仙界的舞步，飄向不知名的遠方。但不管再怎麼飄，他們終會落入命定的塵土，從此再難相遇，往後各自生根茁長，結出自己的花球，繼續播種生命，到了最後，免不了凋萎、枯老、衰去。

這是蒲公英的輪迴，也是世人的宿命。

每一代人，都像是蒲公英飄出去的種子；即使親如同胞兄弟姊妹，終究也會各有歸

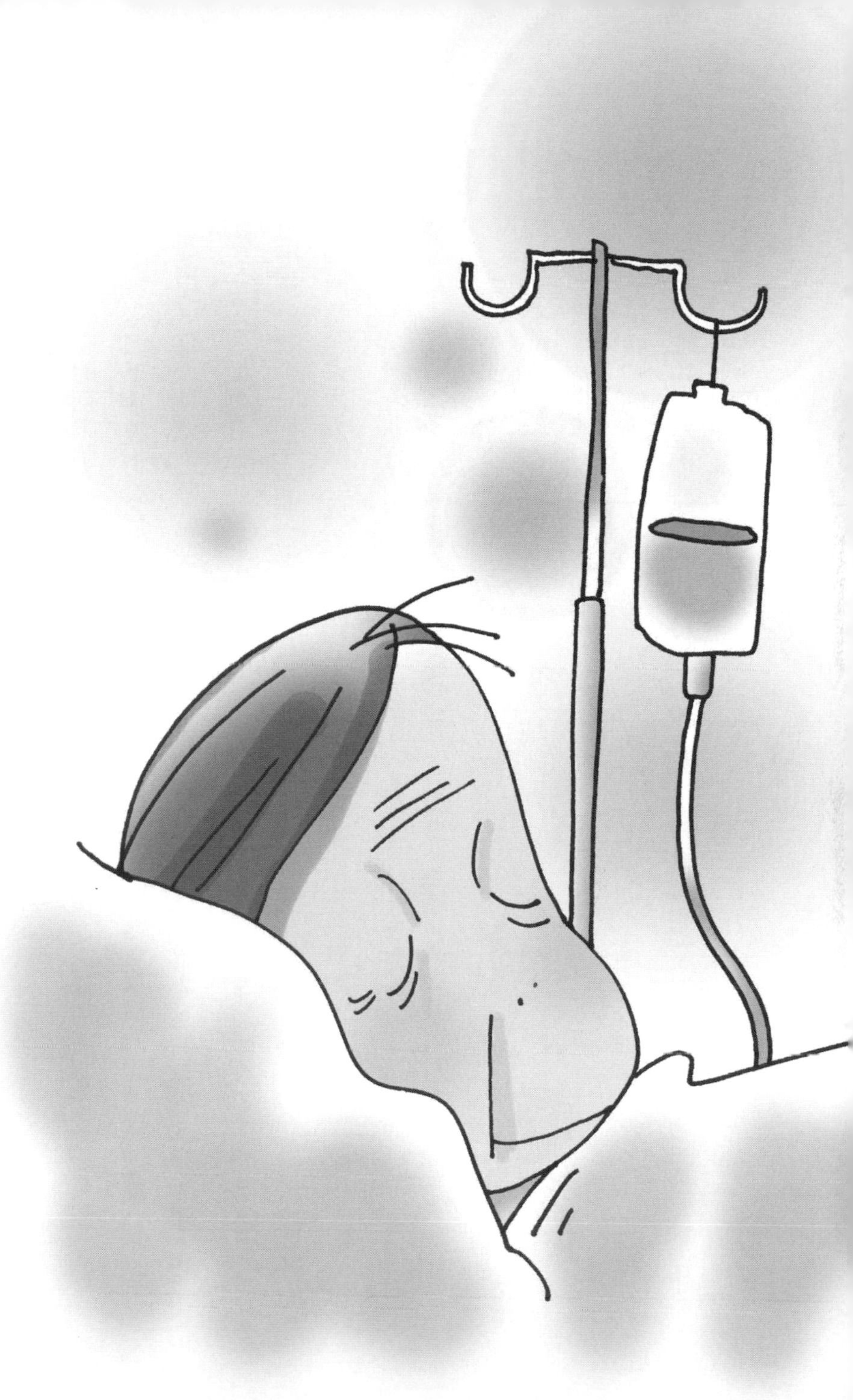

屬，來往漸疏。

老媽時常想起她的兄弟姊妹。

「大姊這一生走得眞苦。」老媽每次想起大姨，眼眶總忍不住泛紅。

大姨沒能在娘胎長全就降生，瘦小乾癟，往後不知道是因爲先天不足，還是生活始終太苦，似乎永遠也發育不好，除了個頭小，她背脊微駝，皮膚黝黑，因此被人稱作「黑肉」。從小就送人養的黑肉姨在中年時就已辭世，在她不算充足的有生之日，臉上總掛著一抹看似刻意展現的微笑，現在想想，那微笑彷彿是一種對生命的苦笑。她這一生怎麼過，我小時候不很明白，長大後不忍多問，怕引起老媽傷懷。

同樣送人撫養的二姨，嫁人後移居美國，老媽常嘆兩姊妹再難見面。

即便是老媽幫著帶大的小姨，或是三位舅舅，也常出現在老媽因關心與思念而起的夢境裡。她有太多的人要掛心了，如果能夠，甚至希望天下人都能有好日子可過。

都說遠親不如近鄰，但即便是同胞而生的兄弟姊妹，當生命的微風吹起，終究會如同蒲公英的種子般四散飄去，各歸命定之地。

近鄰關係的密切性，有時頗出人意料之外。

天下姓賴的人不算太多，銘德新村一條路上緊挨著小雜貨店卻連著三戶，其中兩戶男主人的姓名聽起來一樣，一個是賴正元，另一個是賴鎭源。三戶人家常被誤以爲是相約爲鄰的親戚，其實純屬巧合。

更巧合的鄰居情事還在後頭。

老媽常和鄰居的姨嬸姑婆們閒話家常，大家都說在十字路口經營賓館的老闆娘最是好命，只要僱個人幫著看顧，不做事就有收入，眞正輕鬆好賺。

「說起賓館，小時候我舅舅在城內開了一家當時最大的大旅社，那才是眞正的氣派。」老媽說著說著，眼前彷彿浮現出了年少時跟著長輩前往所看到的繁華景象：樓上樓下高朋滿座，冠蓋雲集，眞是大開眼界。想到這裡，往日回憶突然被一陣突如其來的嚷嚷聲響打斷。

「妳在說什麼，那個時候在城內開最大間旅社的是我的親舅舅，怎麼變成了妳舅舅？」賓館老闆娘的大嗓門提出抗議，搞不懂怎麼自己的舅舅也會有人想要亂認。

「妳才亂講，明明是我舅舅。」

莫名其妙被人怪罪，老媽不免有氣，嗓門也大了起來。老媽一向不去佔人便宜，但也忍不了無緣無故的冤屈。

兩人當場對質，發現不但彼此講的人旅社確實是同一間，而且就連舅舅也是同一個。

「原來妳是……」兩人異口同聲

驚呼。

眼前這個認識了二十多年的老鄰居，原來竟是同一個外祖父所生的四等親表姊妹，不但如此，兩人還在碧潭水畔從小一起玩到大，既親且友，本是來往密切的手帕交，直到後來各自出閣離鄉，才自此失了聯絡。

難怪常有鄰居說她們長得很像，本來兩人聽了都以爲女人生兒育女中年發福以後，大概差不多都是這個模樣，全沒多想，怎麼會猜到兩個表姊妹闊別十幾年之後，彼此都認不出對方了，就這麼變換身分當起幾十年的老鄰居。

其實人生很多事都在預期之外，就像老媽從來也沒有想過自己會走上坎坷的婚姻路，更別說那場突如其來的病。

本來以爲切除腫瘤之後，老媽的健康就能恢復。

但恢復的不只是健康。

兩年後，當腫瘤再度被發現時，已有蔓延之勢。

爲了抑制癌細胞，經常要打針進行化學治療，一次二十幾個小時。老人家血管本已細薄，化療之後管壁脆化，更難施針；偏偏打針用的是粗孔針頭，有時一次要試上幾分鐘才能成功，萬一遇到實習的醫護人員，情況更糟。子女恨不得以身相替，卻只能在一旁偷偷拭淚，又擔心老媽看見淚痕反而會心疼子女。

從台北榮總到內湖榮總，再從內湖榮總轉院到林口長庚，一年多的看診與治療過程中，兄弟姊妹輪流陪著母親。

爲了紓解老媽的心情，我試著聊起往事。記憶中，老媽不太說心事，直到這時病痛纏身，這一生中所受的許多委屈才又緩緩浮起。那段時日的分享，成了生命中最有意義的事。我發覺自己不曾用心認識母親，就像忽略陽光、空氣和水，直到這場病。

在這段陪伴與談心的日子裡，每當老媽入眠，我才把醫院病房當成書房，一字一句堆砌出博士論文。偶或停筆看向醫院窗外，老爸與老媽的身影便如浮光掠影般一再湧現腦中。獲得博士學位之日，本來想請老媽參加典禮，但這時她的身體已難支撐。

得知我完成學業，老媽當然很高興，但理由不是小兒子獲得了博士學位，而是因爲子女又順利做完了一件事，不論這件事是大事或是小事。因爲在老媽的心目中，子女有沒有什麼學位，對老媽來說一點差別也沒有，學位、事業、金錢，這一切種種，不過是生不帶來、死不帶去的身外之物、虛華裝飾罷了，她眞正關心的事，無非子女日子過得好不好？生活上快不快樂？如此而已。

「你爸爸如果知道，一定會很高興。」老媽想起過世十六年了的老爸。

其實老爸一直在我們的心裡。從考上公立高中、進入國立大學，再歷經考上台大研究所、轉戰博士班，終獲博士學位，一路走來，在每個階段，總會想起一生辛勞的老爸，希望將這些喜訊告訴他，看見他的微笑。這個小小的心願，一般人只須開口即可，但對失去父親的人來講，卻是無論如何也不能實現了。

幾個月之後的一天，老媽帶著微笑對著圍繞身旁的子女說，她夢見老爸來接她一起去玩了。就在這晚，老媽在睡夢中悄悄捨去了皮囊與病痛，飄然告別塵世。

長夜漫漫，日月黯然，彷彿天幕從此塌了一半。

40 大學教授的奇幻世界

回想往日，一家八口僅僅圍著老木桌一起包煮水餃，就是一種令人滿足的歡欣喜悅。如今，那種簡單幸福再不可得。

往者或如逝水，不分晝夜而去。但是生命最偉大的地方，豈不在於每一個明天都有新的開始、新的驚奇與新的希望？

老爸與老媽靠著一家小雜貨店，從挫折中站起，合作編織人生。在他們樂觀面對人生的努力之下，四子二女安然成長，接續起生命的薪火。

當年稚嫩貪玩的小兒子走出了小雜貨店之後，一路經歷了黑手、推銷員、搬家工人、大樓警衛、計程車司機等豐富的工讀尋奇之旅。

乍看之下，這似乎是一個窮小孩的艱苦歷程，但是換個角度來看，五花八門的生活體驗，又何嘗不是一種難得的機緣？世人總感嘆人生只有一次，我卻因著這趟旅程，獲得更多經歷與體驗的機會，大大擴展了人生的廣度與視野，就像是賺到了多幾次的人

電視台

生。人生何價？原來上天竟給了我這麼大的一筆財富！

於是我發現，生命的富足，原來不在於對金錢與物質的盲目追求，而在於能夠以樂觀進取的態度，去迎接每一個明天。人生能有多少個明天，就坐擁了多少座寶山。明白這點，每個人都能不斷挖寶、富甲天下。反過來想，不論是多大的錢財，如果要用這一生去換取，這樣的生命豈不太過貧乏？

走進大學教授的生活圈之後，又有了新的經驗。原來看似純潔無瑕的象牙塔，更是一個奇幻的世界，暗藏了許多圈外人所不知道的精采與刺激。這個奇幻世界裡充滿了神祕內幕，譜成了一頁又一頁的傳奇，眞是令人大開眼界。

當然，那些傳奇已是另一段人生故事了。

葉子出版股份有限公司

讀·者·回·函

感謝您購買本公司出版的書籍。
爲了更接近讀者的想法，出版您想閱讀的書籍，在此需要勞駕您詳細爲我們塡寫回函，您的一份心力，將使我們更加努力！！

1.姓名：___________

2.性別：□男 □女

3.生日／年齡：西元______ 年_____月 _____ 日____歲

4.教育程度：□高中職以下 □專科及大學 □碩士 □博士以上

5.職業別：□學生□服務業□軍警□公教□資訊□傳播□金融□貿易
□製造生產□家管□其他__________

6.購書方式／地點名稱：□書店_____□量販店_____□網路_____□郵購_____
□書展_______□其他____

7.如何得知此出版訊息：□媒體_____□書訊_____□書店_____□其他_____

8.購買原因：□喜歡作者□對書籍內容感興趣□生活或工作需要□其他

9.書籍編排：□專業水準□賞心悅目□設計普通□有待加強

10.書籍封面：□非常出色□平凡普通□毫不起眼

11. E－mail：____

12喜歡哪一類型的書籍：________________________________

13.月收入：□兩萬到三萬□三到四萬□四到五萬□五萬以上□十萬以上

14.您認為本書定價：□過高□適當□便宜

15.希望本公司出版哪方面的書籍：____________________

16.本公司企劃的書籍分類裡，有哪些書系是您感到興趣的？
□忘憂草（身心靈）□愛麗絲（流行時尚）□紫薇（愛情）□三色堇（財經）
□ 銀杏（飲食健康）□風信子（旅遊文學）□向日葵（青少年）

17.您的寶貴意見：

____

☆塡寫完畢後，可直接寄回（免貼郵票）。
我們將不定期寄發新書資訊，並優先通知您
其他優惠活動，再次感謝您！！

廣　告　回　信
臺灣北區郵政管理局登記證
北台字第8719號
免　貼　郵　票

106-□□
台北市新生南路3段88號5樓之6

揚智文化事業股份有限公司　收

□□□-□□
地址：　市縣　鄉鎮市區　路街　段　巷　弄　號　樓
姓名：

葉子
Leaves Publishing

書號 L1109　書名 樂觀，就會成功——即使輸在起跑線也可以贏在終點

葉子
Leaves Publishing

根
以讀者爲其根本

莖
用生活來做支撐

葉
引發思考或功用

果
獲取效益或趣味